U0144006

高麗大學韓國語中心　編著

國立政治大學韓國語文學系　朴炳善、陳慶智　博士　翻譯、中文審訂

瑞蘭國際

책을 내며

고려대학교 한국어센터는 1986년 설립된 이래 한국어와 한국 문화를 재미있게 배우고 효과적으로 가르치는 방법을 연구해 왔습니다. 《고려대 한국어》와 《고려대 재미있는 한국어》는 한국어센터에서 내놓는 세 번째 교재로 그동안 쌓아 온 연구 및 교수 학습의 성과를 바탕으로 하고 있습니다.

이 책의 가장 큰 특징은 한국어를 처음 접하는 학습자도 쉽게 배워서 바로 사용할 수 있도록 구성했다는 점입니다. 한국어 환경에서 자주 쓰이는 항목을 최우선하여 선정하고 이 항목을 학습자가 교실 밖에서 사용할 수 있도록 연습 기회를 충분히 그리고 다양하게 제공하고 있습니다.

이 책을 내기까지 많은 분들의 도움을 받았습니다. 먼저 지금까지 고려대학교 한국어센터에서 한국어를 공부한 학습자들께 감사드립니다. 쉽고 재미있는 한국어 교수 학습에 대한 학습자들의 다양한 요구가 없었다면 이 책은 나오지 못했을 것입니다. 그리고 한국어 학습자들의 요구에 부응하기 위해 열정적으로 교육과 연구에 헌신하고 계신 고려대학교 한국어센터의 선생님들께도 감사드립니다.

무엇보다 한국어 학습자와 한국어 교원의 요구 그리고 한국어 교수 학습 환경을 종합적으로 고려한 최상의 한국어 교재를 위해 밤낮으로 고민하고 집필에 매진하신 저자분들께 깊은 감사를 드립니다. 이 밖에도 이 책이 보다 멋진 모습을 갖출 수 있도록 도와주신 고려대학교 출판문화원의 윤인진 원장님과 직원 여러분께도 감사드립니다. 그리고 집필진과 출판문화원의 요구를 수용하여 이 교재에 맵시를 입히고 멋을 더해 주신 랭기지플러스의 편집 및 디자인 전문가, 삽화가의 노고에도 깊은 경의를 표합니다.

부디 이 책이 쉽고 재미있게 한국어를 배우고자 하는 한국어 학습자와 효과적으로 한국어를 가르치고자 하는 한국어 교원 모두에게 도움이 되기를 바랍니다. 또한 앞으로 한국어 교육의 내용과 방향을 선도하는 역할도 아울러 할 수 있게 되기를 희망합니다.

2020년 8월

국제어학원장 김 정 숙

이 책의 특징

《고려대 한국어》와 《고려대 재미있는 한국어》는 '형태를 고려한 과제 중심 접근 방법'에 따라 개발된 교재입니다. 《고려대 한국어》는 언어 항목, 언어 기능, 문화 등이 통합된 교재이고, 《고려대 재미있는 한국어》는 말하기, 듣기, 읽기, 쓰기로 분리된 기능 교재입니다.

《고려대 한국어》 가 100시간 분량, 《고려대 재미있는 한국어》 말하기, 듣기, 읽기, 쓰기가 100시간 분량의 교육 내용을 담고 있습니다. 200시간의 정규 교육 과정에서는 여섯 권의 책을 모두 사용하고, 100시간 정도의 단기 교육 과정이나 해외 대학 등의 한국어 강의에서는 강의의 목적이나 학습자의 요구에 맞는 교재를 선택하여 사용할 수 있습니다.

<고려대 한국어>의 특징

▶ **한국어 사용 환경에 놓이지 않은 학습자도 쉽게 배울 수 있습니다.**

- 한국어 표준 교육 과정에 맞춰 성취 수준을 낮췄습니다. 핵심 표현을 정확하고 유창하게 사용하는 것이 목표입니다.
- 말하기, 듣기, 읽기, 쓰기 과제의 범위를 제한하여 과도한 입력의 부담 없이 주제와 의사소통 기능에 충실할 수 있습니다.
- 알기 쉽게 제시하고 충분히 연습하는 단계를 마련하여 학습한 내용의 이해에 그치지 않고 바로 사용할 수 있습니다.

▶ **학습자의 동기를 이끄는 즐겁고 재미있는 교재입니다.**

- 한국어 학습자가 가장 많이 접하고 흥미로워하는 주제와 의사소통 기능을 다룹니다.
- 한국어 학습자의 특성과 요구를 반영하여 명확한 제시와 다양한 연습 방법을 마련했습니다.
- 한국인의 언어생활, 언어 사용 환경의 변화를 발 빠르게 반영했습니다.
- 친근하고 생동감 있는 삽화와 입체적이고 감각적인 디자인으로 학습의 재미를 더합니다.

▶ **한국어 학습에 최적화된 교수 학습 과정을 구현합니다.**

- 학습자가 자주 접하는 의사소통 과제를 선정했습니다. 과제 수행에 필요한 언어 항목을 학습한 후 과제 활동을 하도록 구성했습니다.
- 언어 항목으로 어휘, 문법과 함께 담화 표현을 새로 추가했습니다. 담화 표현은 고정적이고 정형화된 의사소통 표현을 말합니다. 덩어리로 제시하여 바로 사용하게 했습니다.
- 도입 – 제시 · 설명 – 형태적 연습 활동 – 유의적 연습 활동의 단계로 절차화했습니다.
- 획일적이고 일관된 방식을 탈피하여 언어 항목의 중요도와 난이도에 맞춰 제시하는 절차와 분량에 차이를 두었습니다.
- 발음과 문화 항목은 특정 단원의 의사소통 과제와 긴밀하게 연결되지는 않으나 해당 등급에서 반드시 다루어야 할 항목을 선정하여 단원 후반부에 배치했습니다.

<고려대 한국어>의 구성

▶ **총 10단원으로 한 단원은 10시간 정도가 소요됩니다.**

▶ **한 단원의 구성은 아래와 같습니다.**

▶ **교재의 앞부분에는 '이 책의 특징'과 '단원 구성 표'를 배치했고, 교재의 뒷부분에는 '정답'과 '듣기 지문', '어휘 찾아보기', '문법 찾아보기'를 부록으로 넣었습니다.**

- 부록의 어휘는 단원별 어휘 모음과 모든 어휘를 가나다순으로 정렬한 두 가지 방식으로 제시했습니다.
- 부록의 문법은 문법의 의미와 화용적 특징, 형태 정보를 정리했고 문법의 쓰임을 확인할 수 있는 전형적인 예문을 넣었습니다. 학습자의 모어 번역도 들어가 있습니다.

▶ **모든 듣기는 MP3 파일 형태로 내려받아 들을 수 있습니다.**

<고려대 한국어 3>의 목표

날씨의 변화, 새로운 생활, 나의 성향 등 개인적, 사회적 주제에 대해 이해하고 단락 단위로 표현할 수 있습니다. 동아리 가입, 여행 계획 세우기 등을 통해 사회적 관계를 맺거나 사회적 맥락에서의 의사소통 기능을 수행할 수 있습니다. 격식체와 비격식체의 차이를 알고 맥락에 따라 표현할 수 있습니다.

이 책의 특징

등장인물이 나오는 장면을 보면서 단원의 주제, 의사소통 기능 등을 확인합니다.

단원의 제목

어휘의 도입

- 목표 어휘가 사용되는 의사소통 상황입니다.

어휘의 제시

- 어휘 목록입니다. 맥락 속에서 어휘를 배웁니다.
- 그림, 어휘 사용 예문을 보며 어휘의 의미와 쓰임을 확인합니다.

새 단어

- 어휘장으로 묶이지 않은 개별 단어입니다.
- 문맥을 통해 새 단어의 의미를 확인합니다.

생각해 봐요

- 등장인물이 나누는 간단한 대화를 듣고 단원의 주제 및 의사소통 목표를 생각해 봅니다.

학습 목표

- 단원을 학습한 후에 수행할 수 있는 의사소통 목표입니다.

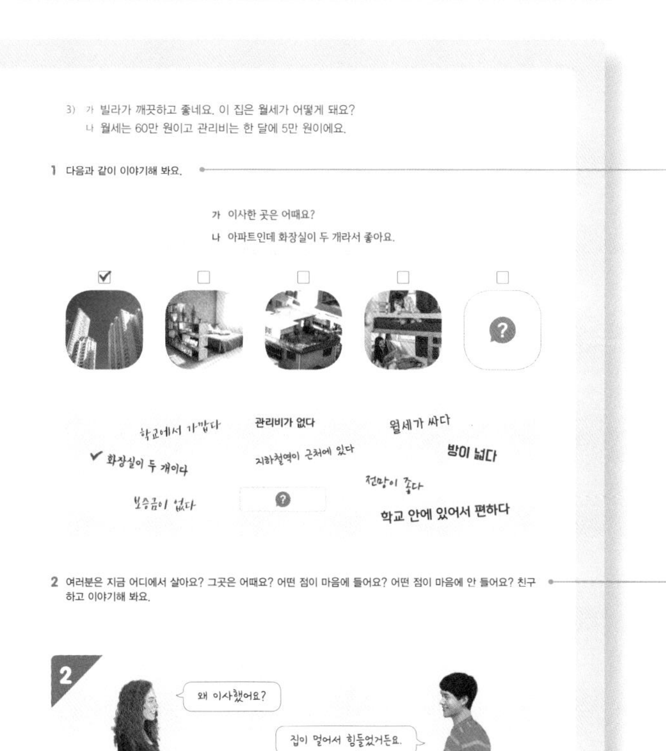

3) 가 빌라가 깨끗하고 좋네요. 이 집은 월세가 어떻게 돼요?
나 월세는 60만 원이고 관리비는 한 달에 5만 원이에요.

1 다음과 같이 이야기해 봐요.

가 이사한 곳은 어때요?
나 아파트인데 화장실이 두 개라서 좋아요.

2 여러분은 지금 어디에서 살아요? 그곳은 어때요? 어떤 점이 마음에 들어요? 어떤 점이 마음에 안 들어요? 친구하고 이야기해 봐요.

2

3과 새로운 생활 55

어휘의 연습 1

- 배운 어휘를 사용해 볼 수 있는 말하기 연습입니다.
- 연습의 방식은 그림, 사진, 문장 등으로 다양합니다.

어휘의 연습 2

- 유의미한 의사소통 상황에서 배운 어휘를 사용하는 말하기 연습입니다.

이 책의 특징

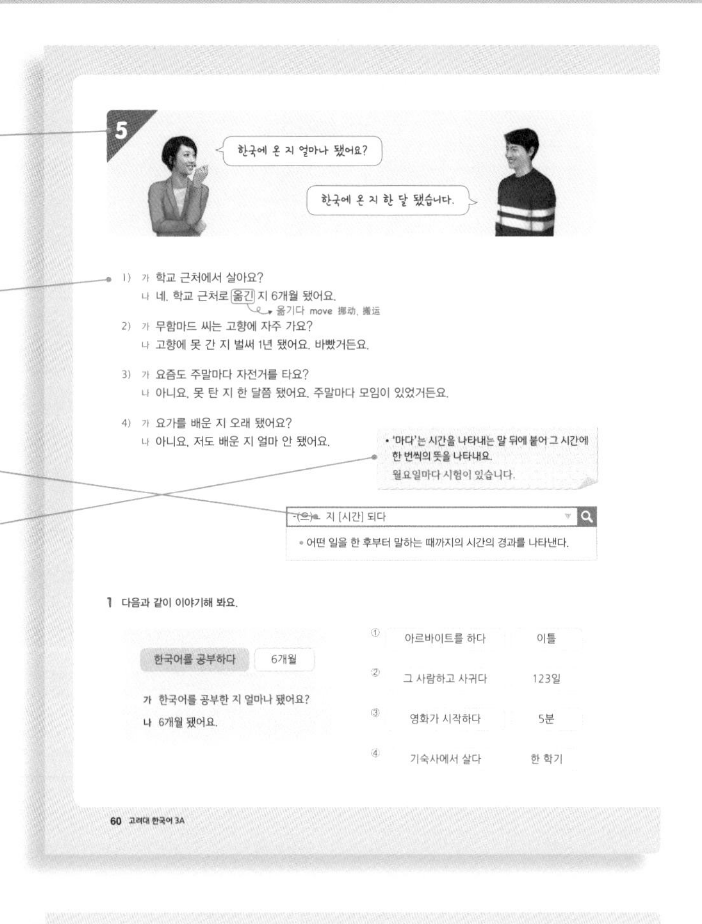
5

한국에 온 지 얼마나 됐어요?

한국에 온 지 한 달 됐습니다.

1) 가 학교 근처에서 살아요?
나 네. 학교 근처로 옮긴 지 6개월 됐어요.
옮기다 move 挪动, 搬运

2) 가 무함마드 씨는 고향에 자주 가요?
나 고향에 못 간 지 벌써 1년 됐어요. 바빴거든요.

3) 가 요즘도 주말마다 자전거를 타요?
나 아니요. 못 탄 지 한 달쯤 됐어요. 주말마다 모임이 있었거든요.

4) 가 요가를 배운 지 오래 됐어요?
나 아니요. 저도 배운 지 얼마 안 됐어요.

• '마다'는 시간을 나타내는 말 뒤에 붙어 그 시간에 한 번씩의 뜻을 나타내요.
월요일마다 시험이 있습니다.

-(으)ㄴ 지 [시간] 되다
• 어떤 일을 한 후부터 말하는 때까지의 시간의 경과를 나타낸다.

1 다음과 같이 이야기해 봐요.

한국어를 공부하다 | 6개월

가 한국어를 공부한 지 얼마나 됐어요?
나 6개월 됐어요.

①	아르바이트를 하다	이틀
②	그 사람하고 사귀다	123일
③	영화가 시작하다	5분
④	기숙사에서 살다	한 학기

60 고려대 한국어 3A

문법의 도입

• 목표 문법이 사용되는 의사소통 상황입니다.

문법의 제시

• 목표 문법의 의미와 쓰임을 여러 예문을 통해 확인합니다.

• 목표 문법을 사용하기 위해 알아야 하는 기본 정보입니다.

랭기지 팁

• 알아 두면 유용한 표현입니다.

• 표현이 사용되는 상황과 예문을 보여 줍니다.

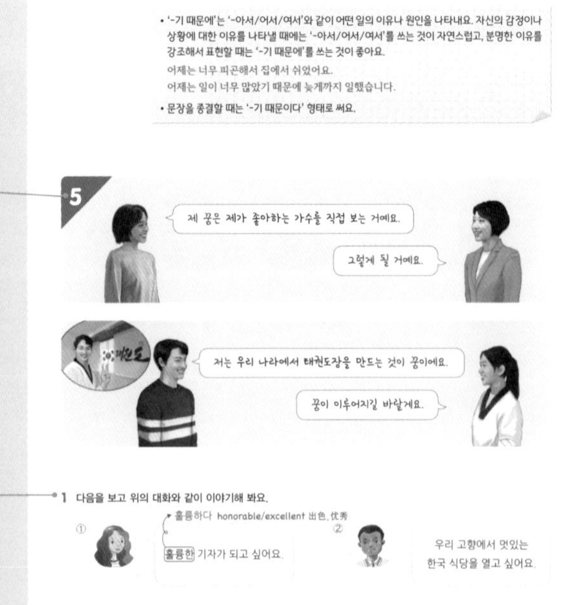
• '-기 때문에'는 '-아서/어서/여서'와 같이 어떤 일의 이유나 원인을 나타내요. 자신의 감정이나 상황에 대한 이유를 나타낼 때에는 '-아서/어서/여서'를 쓰는 것이 자연스럽고, 분명한 이유를 강조해서 표현할 때는 '-기 때문에'를 쓰는 것이 좋아요.
어제는 너무 피곤해서 집에서 쉬었어요.
어제는 일이 너무 많았기 때문에 늦게까지 일했습니다.

• 문장을 종결할 때는 '-기 때문이다' 형태로 써요.

5

제 꿈은 제가 좋아하는 가수를 직접 보는 거예요.

그렇게 될 거예요.

저는 우리 나라에서 태권도장을 만드는 것이 꿈이에요.

꿈이 이루어지길 바랄게요.

1 다음을 보고 위의 대화와 같이 이야기해 봐요.

① 훌륭한 기자가 되고 싶어요.
훌륭하다 honorable/excellent 出色, 优秀

② 우리 고향에서 멋있는 한국 식당을 열고 싶어요.

③ 좋아하는 가수의 콘서트에 가고 싶어요.

④

30 고려대 한국어 3A

담화 표현의 제시

• 고정적이고 정형화된 의사소통 표현입니다.

담화 표현 연습

• 담화 표현을 덩어리째 익혀 대화하는 말하기 연습입니다.

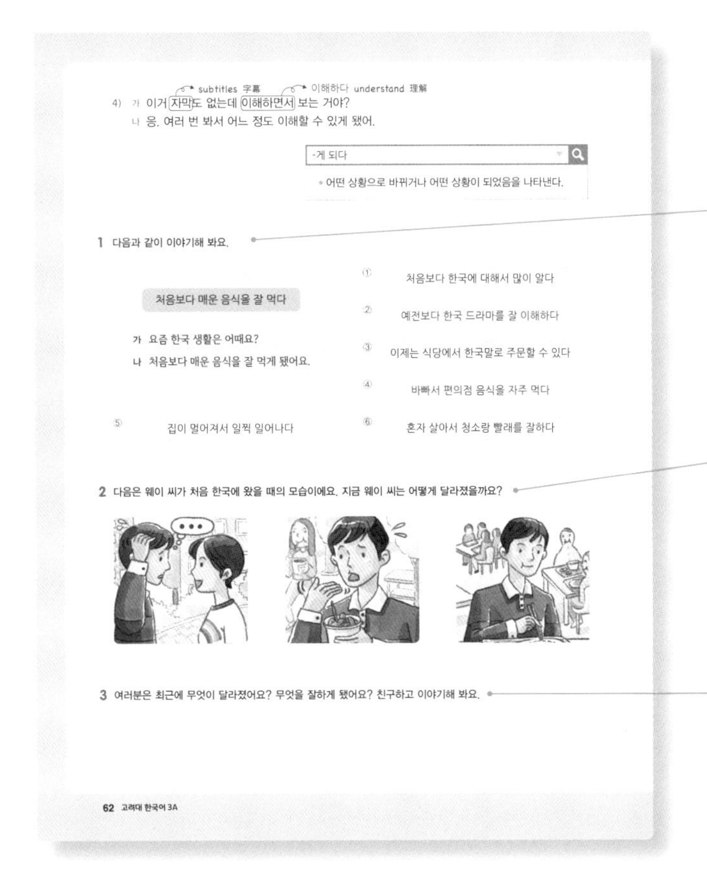

4) 가 이거 자막도 없는데 이해하면서 보는 거야? (자막 subtitles 字幕 / 이해하다 understand 理解)
나 응. 여러 번 봐서 어느 정도 이해할 수 있게 됐어.

-게 되다
• 어떤 상황으로 바뀌거나 어떤 상황이 되었음을 나타낸다.

1 다음과 같이 이야기해 봐요.

처음보다 매운 음식을 잘 먹다
가 요즘 한국 생활은 어때요?
나 처음보다 매운 음식을 잘 먹게 됐어요.

① 처음보다 한국에 대해서 많이 알다
② 예전보다 한국 드라마를 잘 이해하다
③ 이제는 식당에서 한국말로 주문할 수 있다
④ 바빠서 편의점 음식을 자주 먹다
⑤ 집이 멀어져서 일찍 일어나다
⑥ 혼자 살아서 청소랑 빨래를 잘하다

2 다음은 웨이 씨가 처음 한국에 왔을 때의 모습이에요. 지금 웨이 씨는 어떻게 달라졌을까요?

3 여러분은 최근에 무엇이 달라졌어요? 무엇을 잘하게 됐어요? 친구하고 이야기해 봐요.

62 고려대 한국어 3A

문법의 연습 1

- 배운 문법을 사용해 볼 수 있는 말하기 연습입니다.
- 연습의 방식은 그림, 사진, 문장 등으로 다양합니다.

문법의 연습 2

- 문법의 중요도와 난이도에 따라 연습 활동의 수와 분량에 차이가 있습니다.

문법의 연습 3

- 유의미한 의사소통 상황에서 배운 문법을 사용하는 말하기 연습입니다.

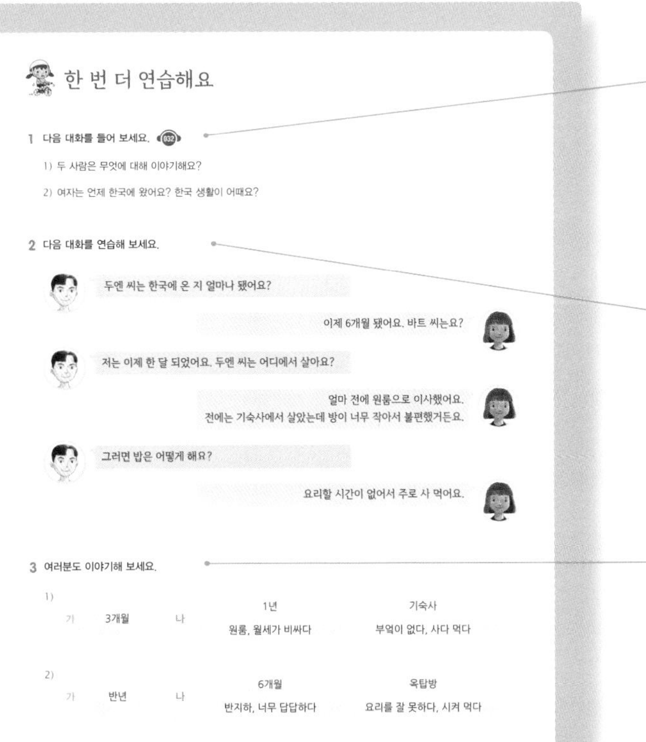

한 번 더 연습해요

1 다음 대화를 들어 보세요. 032
1) 두 사람은 무엇에 대해 이야기해요?
2) 여자는 언제 한국에 왔어요? 한국 생활이 어때요?

2 다음 대화를 연습해 보세요.

두엔 씨는 한국에 온 지 얼마나 됐어요?
이제 6개월 됐어요. 바트 씨는요?
저는 이제 한 달 되었어요. 두엔 씨는 어디에서 살아요?
얼마 전에 원룸으로 이사했어요. 전에는 기숙사에서 살았는데 방이 너무 작아서 불편했거든요.
그러면 밥은 어떻게 해요?
요리할 시간이 없어서 주로 사 먹어요.

3 여러분도 이야기해 보세요.

1) 가 3개월 나 1년 / 원룸, 월세가 비싸다 / 기숙사 / 부엌이 없다, 사다 먹다
2) 가 반년 나 6개월 / 반지하, 너무 답답하다 / 옥탑방 / 요리를 잘 못하다, 시켜 먹다

3과 새로운 생활 63

대화 듣기

- 의사소통 목표가 되는 자연스럽고 유의미한 대화를 듣고 대화의 목적, 대화의 내용을 파악합니다.

대화 연습하기

- 대화 연습을 통해 대화의 구성 방식을 익힙니다.

대화 구성 연습

- 학습자 스스로 대화를 구성하여 말해 보는 연습입니다.
- 어휘만 교체하는 단순 반복 연습이 되지 않도록 구성했습니다.

이 책의 특징

듣기 활동

- 단원의 주제와 기능이 구현된 의사소통 듣기 활동입니다.
- 중심 내용 파악과 세부 내용 파악 등 목적에 따라 두세 번 반복하여 듣습니다.

읽기 활동

- 단원의 주제와 기능이 구현된 의사소통 읽기 활동입니다.
- 중심 내용 파악과 세부 내용 파악 등 목적에 따라 두세 번 반복하여 읽습니다.

이제 해 봐요

들어요

1 다음은 두 사람의 대화입니다. 잘 듣고 질문에 답해 보세요. 033

1) 남자는 한국에서 산 지 얼마나 됐어요?

2) 들은 내용과 같은 것을 고르세요.

① 남자는 주로 밥을 시켜 먹습니다.
② 여자는 미국에 있을 때도 남자를 알았습니다.
③ 남자는 한국어를 잘 못해서 불편한 게 많습니다.

읽어요

1 다음은 새로운 생활에 대해 쓴 글입니다. 잘 읽고 질문에 답해 보세요.

저는 이번 방학에 이사를 하려고 합니다. 한국에 온 지 일 년이 됐는데 벌써 세 번째 이사를 하게 되었습니다. 처음 한국에 왔을 때는 고시원에서 살았는데 방이 너무 작아서 답답했습니다. 얼마 전에 기숙사로 옮겼는데 방은 넓지만 음식을 해 먹을 수 없어서 불편했습니다. 그래서 이번 학기가 끝나면 학교 근처 원룸으로 이사를 가려고 합니다. 거기는 방도 크고 부엌이 있어서 요리도 할 수 있습니다. 집을 구할 때 동아리 친구가 도와줘서 싸고 넓은 집을 찾을 수 있었습니다. 새로 이사한 곳에서 건강하고 행복하게 지내고 싶습니다.

부엌 → kitchen 厨房

1) 이 사람은 처음에 어디에서 살았어요? 지금은 어디에 살아요? 어디로 이사 가려고 해요? 그리고 그 곳들은 어때요?

처음 → 지금 → 이사할 곳

64 고려대 한국어 3A

쓰기 활동

- 단원의 주제와 기능이 구현된 의사소통 쓰기 활동입니다.
- 쓰기 전에 써야 할 내용이나 방식에 대해 생각해 본 후 쓰기를 합니다.

써요

1 날씨와 관련된 특별한 경험을 써 보세요.

1) 다음에 대해 생각해 보세요.

- 어떤 날씨였어요?
  눈, 비가 많이 온 날, 하루의 날씨 변화가 심한 날 등
- 그래서 무슨 일이 있었어요?
  학교에 못 갔어요, 나무가 쓰러졌어요 등
- 그때 기분이 어땠어요?

2) 생각한 것을 바탕으로 글을 쓰세요.

50 고려대 한국어 3

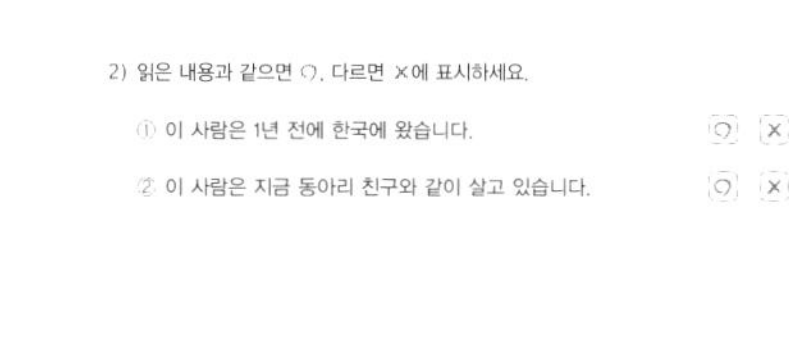
2) 읽은 내용과 같으면 ○, 다르면 ×에 표시하세요.

① 이 사람은 1년 전에 한국에 왔습니다. ○ ×

② 이 사람은 지금 동아리 친구와 같이 살고 있습니다. ○ ×

말해요

1 새로운 생활에 대해 친구하고 이야기해 보세요.

1) 여러분의 요즘 생활은 어때요? 한국에 오기 전 또는 한국어를 공부하기 전과 달라진 것이 있어요? 아래 내용을 생각해 보세요.

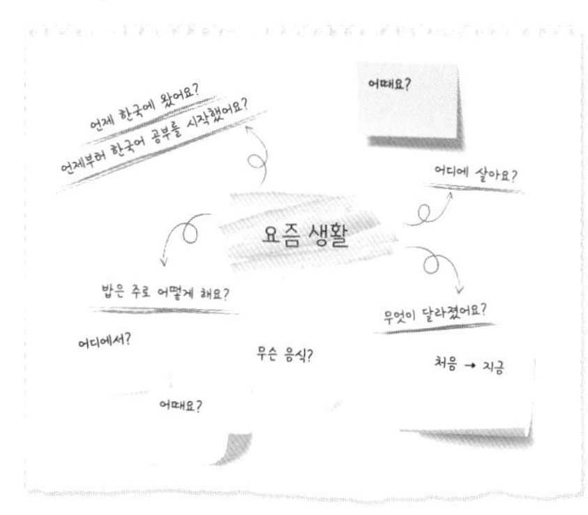

2) 친구들하고 새로운 생활에 대해 이야기하세요.

3과 새로운 생활 65

말하기 활동

- 단원의 주제와 기능이 구현된 의사소통 말하기 활동입니다.
- 말하기 전에 말할 내용이나 방식에 대해 생각해 본 후 말하기를 합니다.

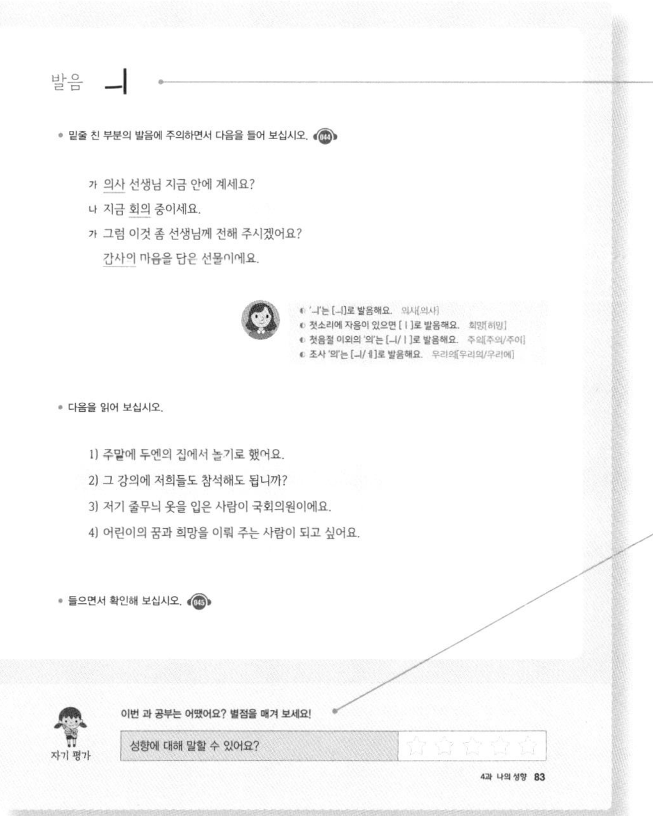
발음 ㅢ

• 밑줄 친 부분의 발음에 주의하면서 다음을 들어 보십시오. 044

가 의사 선생님 지금 안에 계세요?

나 지금 회의 중이세요.

가 그럼 이것 좀 선생님께 전해 주시겠어요? 간사의 마음을 담은 선물이에요.

- 'ㅢ'는 [ㅢ]로 발음해요. 의사[의사]
- 첫소리에 자음이 있으면 [ㅣ]로 발음해요. 희망[히망]
- 첫음절 이외의 '의'는 [ㅢ/ㅣ]로 발음해요. 주의[주의/주이]
- 조사 '의'는 [ㅢ/ㅔ]로 발음해요. 우리의[우리의/우리에]

• 다음을 읽어 보십시오.

1) 주말에 두엔의 집에서 놀기로 했어요.

2) 그 강의에 저희들도 참석해도 됩니까?

3) 저기 줄무늬 옷을 입은 사람이 국회의원이에요.

4) 어린이의 꿈과 희망을 이뤄 주는 사람이 되고 싶어요.

• 들으면서 확인해 보십시오. 045

자기 평가

이번 과 공부는 어땠어요? 별점을 매겨 보세요!

성향에 대해 말할 수 있어요?	☆☆☆☆☆

4과 나의 성향 83

발음 활동/문화 활동

- 중급에서 익혀야 할 발음 항목과 한국의 생활 문화를 이해할 수 있는 문화 항목입니다. 항목에 대한 이해를 바탕으로 유의미한 맥락에서 사용해 봅니다.
- 단원마다 발음 또는 문화 항목이 제시됩니다.

자기 평가

- 단원 앞부분에 제시되었던 학습 목표 달성 여부를 학습자 스스로 점검합니다.

단원 구성 표

단원	단원 제목	학습 목표	의사소통 활동
1과	첫 모임	격식을 갖춰 문의를 하고 모임에 가입할 수 있다.	• 동아리에 가입하는 대화 듣기 • 팬클럽 가입 인사 글 읽기 • 동아리나 모임 가입에 대해 묻고 답하기 • 가입 인사 쓰기
2과	날씨의 변화	날씨의 변화를 이야기할 수 있다.	• 날씨에 대한 대화 듣기 • 고향의 날씨에 대해 이야기하기 • 날씨의 변화와 관련된 경험에 대한 글 읽기 • 날씨와 관련된 경험 쓰기
3과	새로운 생활	새로운 생활에 대해 이야기할 수 있다.	• 새로운 생활에 대한 대화 듣기 • 새로운 생활에 대한 글 읽기 • 새로운 생활에 대해 이야기하기 • 새로운 생활에 대한 글쓰기
4과	나의 성향	성향에 대해 말할 수 있다.	• 성향 차이에 대한 대화 듣기 • 자기 성향에 대한 글 읽기 • 자신의 성향에 대해 이야기하기 • 자신의 성향에 대한 글쓰기
5과	여행 계획	여행 계획에 대해 이야기할 수 있다.	• 여행을 계획하는 대화 듣기 • 여행 계획에 대한 글 읽기 • 여행 계획 세우기 • 여행 계획 쓰기
6과	생활용품 구입	물건을 산 경험과 선택 이유에 대해 이야기할 수 있다.	• 생활용품 구입에 대한 대화 듣기 • 생활용품 구입 경험에 대한 글 읽기 • 물건을 살 때 중요하게 생각하는 것에 대해 이야기하기 • 물건을 살 때 중요하게 생각하는 것에 대한 글쓰기
7과	내게 특별한 사람	내게 특별한 사람에 대해 이야기할 수 있다.	• 내게 특별한 사람에 대한 대화 듣기 • 내게 특별한 사람에 대한 글 읽기 • 내게 특별한 사람에 대해 이야기하기 • 내게 특별한 사람에 대한 글쓰기
8과	일상의 변화	일상의 변화를 발견하고 그 느낌을 이야기할 수 있다.	• 일상의 변화에 대한 대화 듣기 • 일상의 변화에 대해 말하기 • 일상의 변화에 대한 글 읽기 • 일상의 변화에 대한 글쓰기
9과	당황스러운 일	당황스러운 경험에 대해 이야기할 수 있다.	• 당황스러운 경험에 대한 대화 듣기 • 당황스러운 경험에 대한 글 읽기 • 당황스러운 경험에 대해 이야기하기 • 당황스러운 경험 쓰기
10과	생활비 관리	생활비 관리나 소비 습관에 대해 이야기할 수 있다.	• 소비 습관에 대한 대화 듣기 • 생활비 관리에 대한 글 읽기 • 생활비 관리와 소비 습관에 대해 이야기하기 • 생활비 관리와 소비 습관에 대한 글쓰기

어휘 · 문법 · 담화 표현			발음/문화
• 가입 계기 • 가입 방법과 활동 • 회원의 신분 • 모임의 종류	• -(으)면서 • 격식체	• 격식을 갖춰 자기소개하기 • 꿈 말하기	안녕하십니까?
• 날씨 • 날씨와 자연	• -아지다/어지다/여지다 • -(으)ㄹ 것 같다 • -(으)ㄹ까요?		봄 · 여름 · 가을 · 겨울
• 사는 곳 • 식사 방법 • 음식 재료와 음식	• -거든요 • -(으)ㄴ 지 되다 • -게 되다	• 식사 방법에 대해 묻고 답하기	소리 내어 읽기 1
• 성격과 성향 • 걱정/고민 • 조언	• -(으)ㄴ/는 편이다 • 반말(-자) • 반말(-아/어/여) • -(으)려면	• 걱정과 조언 말하기	/ㅢ/의 발음
• 여행 종류 • 여행 준비 • 여행지의 특징	• (이)나 • -거나 • -기로 하다 • -아도/어도/여도	• 여행지의 특징에 대해 이야기하기	서울 근교 관광 5선
• 생활용품 • 제품의 특징	• -(으)ㄹ 줄 알다/모르다 • -더라고요 • -(으)니까		한국어로 어떻게 말해요?
• 인간관계 • 만남과 헤어짐 • 좋아하는 사람의 특징	• -(으)ㄴ 적이 있다/없다 • -다 보니까 • -대요		한국어의 억양
• 외적 변화 • 변화의 느낌	• -던 • -아/어/여 보이다 • -아/어/여 있다		유행하는 이모티콘
• 당황스러운 일 • 고장	• -다가 • -나 보다/(으)ㄴ가 보다 • -(으)ㄹ 뻔하다		소리 내어 읽기 2
• 수입과 지출 • 생활비 항목 • 소비 습관	• -느라고 • 한국어의 문어(-다)		할인 카드와 쿠폰

單元結構表

單元	單元名	學習目標	溝通活動
第一課	初次聚會	能正式地詢問並加入聚會	• 聆聽加入社團的對話 • 閱讀加入粉絲團的問候文章 • 針對加入社團或聚會進行提問與回答 • 書寫加入的問候文章
第二課	天氣變化	能談論天氣的變化	• 聆聽關於天氣的對話 • 針對故鄉的天氣進行談論 • 閱讀關於天氣變化相關經驗的文章 • 書寫與天氣相關的經驗
第三課	新生活	能談論新生活	• 聆聽關於新生活的對話 • 閱讀關於新生活的文章 • 針對新生活進行談論 • 書寫關於新生活的文章
第四課	我的性向	能針對性向進行談論	• 聆聽關於性向差異的對話 • 閱讀關於個人性向的文章 • 針對自己的性向進行談論 • 書寫關於自己性向的文章
第五課	旅行計畫	能針對旅行計畫進行談論	• 聆聽計畫旅行的對話 • 閱讀關於旅行計畫的文章 • 制定旅行計畫 • 書寫旅行計畫
第六課	購買生活用品	能針對購物的經驗與選擇的原因進行談論	• 聆聽關於購買生活用品的對話 • 閱讀關於購買生活用品經驗的文章 • 針對購物時認為重要的東西進行談論 • 針對購物時認為重要的東西書寫文章
第七課	對我來說特別的人	能以對我來說特別的人為主題進行談論	• 聆聽與對我來說特別的人相關的對話 • 閱讀與對我來說特別的人相關的文章 • 以對我來說特別的人為主題進行談論 • 以對我來說特別的人為主題書寫文章
第八課	日常的變化	能發現日常的變化並談論其感覺	• 聆聽與日常變化相關的對話 • 針對日常的變化進行談論 • 閱讀與日常變化相關的文章 • 書寫與日常變化相關的文章
第九課	令人慌張的事	能針對感到慌張的經驗進行談論	• 聆聽與感到慌張相關經驗的對話 • 閱讀與感到慌張相關經驗的文章 • 針對感到慌張的經驗進行談論 • 書寫感到慌張的經驗
第十課	管理生活費	能針對生活費的管理或消費習慣進行談論	• 聆聽關於消費習慣的對話 • 閱讀關於生活費管理的文章 • 針對生活費管理與消費習慣進行談論 • 書寫關於生活費管理與消費習慣的文章

語彙、文法、談話表現			發音 / 文化
加入契機 加入方法與活動 會員身分 聚會種類	-(으)면서 격식체	正式地自我介紹 表達夢想	您好嗎？
天氣 天氣與自然	-아지다/어지다/여지다 -(으)ㄹ 것 같다 -(으)ㄹ까요?		春・夏・秋・冬
居住場所 用餐方式 食材與食物	-거든요 -(으)ㄴ 지 되다 -게 되다	針對用餐方式進行提問與回答	朗讀1
個性與性向 擔憂/煩惱 建言	-(으)ㄴ/는 편이다 반말(-자) 반말(-아/어/여) -(으)려면	談論擔憂與建言	/ㅢ/ 的發音
旅行種類 旅行準備 旅遊地點的特徵	(이)나 -거나 -기로 하다 -아도/어도/여도	針對旅遊地點的特徵進行談論	首爾近郊觀光5選
生活用品 產品的特徵	-(으)ㄹ 줄 알다/모르다 -더라고요 -(으)니까		用韓語要如何說？
人際關係 見面與分開 喜歡的人的特徵	-(으)ㄴ 적이 있다/없다 -다 보니까 -대요		韓語的語調
外在變化 變化的感覺	-던 -아/어/여 보이다 -아/어/여 있다		流行的表情符號
令人慌張的事 故障	-다가 -나 보다/(으)ㄴ가 보다 -(으)ㄹ 뻔하다		朗讀2
收入與支出 生活費項目 消費習慣	-느라고 한국어의 문어(-다)		折價卡與優惠券

차례 目錄

부록

등장인물 登場人物

왕 웨이

나라 대만 / 타이완
나이 19세
직업 학생
(고려대학교 한국어센터)
취미 피아노

응우옌 티 두엔

나라 베트남
나이 19세
직업 학생
(고려대학교 한국어센터)
취미 드라마

바트 엥흐바야르

나라 몽골
나이 21세
직업 학생
(고려대학교 한국어센터)
취미 운동

모리야마 나쓰미

나라 일본
나이 35세
직업 학생/약사
취미 그림

다니엘 클라인

나라 독일
나이 29세
직업 회사원/학생
취미 여행

줄리 로랑

나라 프랑스
나이 23세
직업 학생
(고려대학교 한국어센터)
취미 인터넷 방송

무함마드 알 감디

나라 이집트
나이 32세
직업 요리사/학생
취미 태권도

김지아

나라 한국
나이 22세
직업 학생
(고려대학교 경제학과)
취미 영화

서하준

나라 한국
나이 22세
직업 학생
(고려대학교 국어국문학과)
취미 농구

최슬기

나라 한국
나이 22세
직업 학생
(고려대학교 건축학과)
취미 여행, 운동

정세진

나라 한국
나이 33세
직업 한국어 선생님
취미 요가

강용재

나라 한국
나이 31세
직업 회사원
취미 캠핑

생각해 봐요 011

1. 이 사람들은 지금 무엇을 해요?
2. 여러분은 여러 사람 앞에서 자기소개를 할 수 있어요?

학습 목표 學習目標

격식을 갖춰 문의를 하고 모임에 가입할 수 있다.

能正式地詢問並加入聚會。

- 가입 계기, 가입 방법과 활동, 회원의 신분, 모임의 종류
- -으면서, 격식체
- 격식을 갖춰 자기소개하기, 꿈 말하기

1

첫 모임

배워요

1

자기소개 좀 해 주시겠어요?

안녕하세요?
저는 몽골에서 온 바트 엥흐바야르라고 합니다.

자기소개 부탁드려요.

안녕하세요?
저는 한국어센터에 다니고 있는 두엔이라고 합니다.

1 여러분도 친구들 앞에서 자기소개를 해 봐요.

2

우리 동아리는 어떻게 알았어요?

친구가 소개해 줘서 알게 되었어요.

가입 계기 

관심이/흥미가 있다

관심이/흥미가 생기다

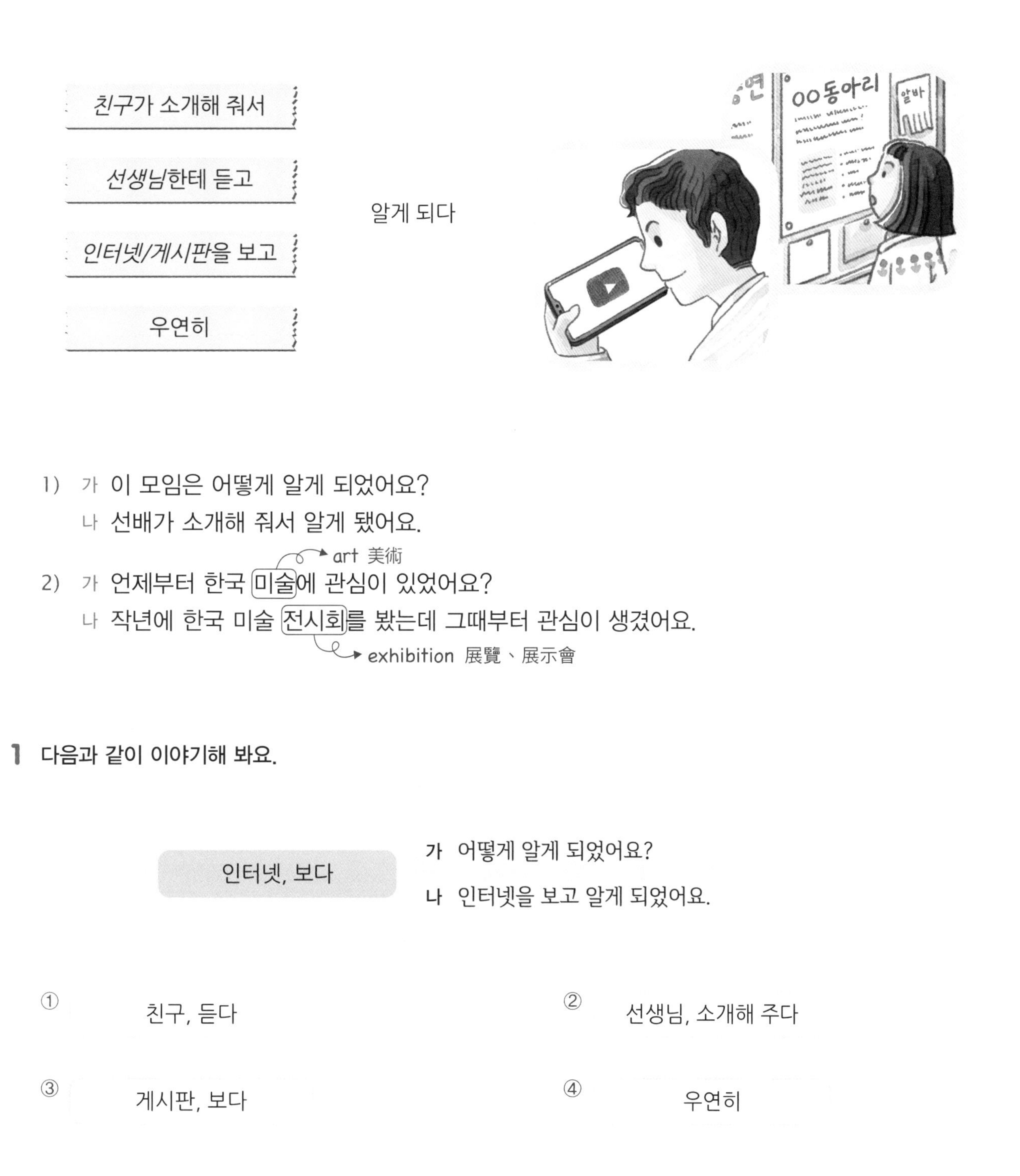

*친구*가 소개해 줘서	알게 되다
*선생님*한테 듣고	
*인터넷/게시판*을 보고	
우연히	

1) 가 이 모임은 어떻게 알게 되었어요?
   나 선배가 소개해 줘서 알게 됐어요.

2) 가 언제부터 한국 미술(art 美術)에 관심이 있었어요?
   나 작년에 한국 미술 전시회(exhibition 展覽、展示會)를 봤는데 그때부터 관심이 생겼어요.

1 다음과 같이 이야기해 봐요.

인터넷, 보다

가 어떻게 알게 되었어요?
나 인터넷을 보고 알게 되었어요.

① 친구, 듣다
② 선생님, 소개해 주다
③ 게시판, 보다
④ 우연히

2 여러분은 한국, 한국어에 대해 언제부터 관심이 생겼어요? 그리고 한국어 교육 기관은 어떻게 알게 되었어요? 친구하고 이야기해 봐요.

가입 방법과 활동

*모임*에 가입하다

*신청서*를 작성하다

*서류*를 제출하다

*회비*를 내다

자기소개를 하다

*모임*에 참석하다

*활동*에 참여하다

열심히 *활동*을 하다

1) 가 이 동아리에 가입하고 싶은데 어떻게 해야 해요?
   나 먼저 이 신청서를 작성한 후 제출하면 돼요.

2) 가 모임이 주중에 있는데 참석할 수 있으세요?
   나 네. 주로 주말에만 바쁘고 주중에는 시간이 많아요.

주중: weekdays 平日

- '-아야 하다'는 어떤 일을 할 필요가 있거나 어떤 상태일 필요가 있음을 나타내요.
  「-아야 하다」表現需要做某事或需要處於某種狀態。

  오늘까지 이 일을 다해야 돼요.

3 **다음과 같이 이야기해 봐요.**

가 이제 뭐 해야 돼요?

나 자기소개를 하면 돼요.

①

②

③

④

4 여러분은 동아리나 모임에 가입한 적이 있어요? 어떤 동아리이고 어떻게 가입했어요? 활동은 열심히 했어요? 친구하고 이야기해 봐요.

회원의 신분

회원 신입 회원 회장 부회장 총무

모임의 종류

환영회 환송회

뒤풀이 회식

1) 가 저는 이 동아리 회장 최슬기예요.
   나 네, 회장님. 앞으로 열심히 활동할게요.

2) 가 회비는 누구한테 내면 돼요?
   나 저 사람이 우리 모임 총무예요. 저 사람한테 내세요.

3) 가 다음 주에 회식을 하려고 하는데 좋은 장소 알면 추천해 주세요.
   나 요 앞에 새로 생긴 식당은 어때요?

추천하다 recommend 推薦

5 우리 반도 환영회를 해 봐요. 환영회 준비를 위해 회장, 부회장, 총무를 정해 봐요.

3

1) 가 번역도 하면서 팬클럽 활동도 하는 거예요?
   나 네. 두 가지 모두 너무 좋아하는 일이에요.

   팬클럽: fan club 粉絲團

2) 가 뭘 보는데 그렇게 웃으면서 봐요?
   나 제가 좋아하는 가수 동영상요. 같이 볼래요?

   동영상: video 影片

3) 가 한국어가 정말 자연스러워요. 어떻게 공부했어요?
   나 그냥 좋아하는 드라마 보면서 배웠어요.

   자연스럽다 natural 自然的

4) 가 선배님, 좀 물어보고 싶은 게 있는데요.
   나 그래? 그럼 같이 점심 먹으면서 이야기할까?

> -(으)면서
>
> • 두 가지 이상의 동작이나 상태 등이 동시에 나타남을 의미한다.
> 表現兩種以上的動作或狀態同時出現。

1 다음과 같이 이야기해 봐요.

회사에 다니다, 한국어 공부를 하다	가 두 가지를 같이 할 거예요? 나 네. 회사에 다니면서 한국어 공부도 할 거예요.

① 아르바이트를 하다, 동아리 활동을 하다

② 한국 문화를 배우다, 한국어 실력을 늘리다

실력을 늘리다: improve one's ability/proficiency 增強實力

③ 음악을 듣다, 숙제하다

④ 아이하고 놀다, 음식을 만들다

⑤ 춤추다, 노래를 하다

⑥ 밥을 먹다, 게임을 하다

2 무엇을 하면서 다음 행동을 해요? 다음과 같이 친구하고 이야기해 봐요.

휴대폰을 보다

가 저는 밥을 먹으면서 휴대폰을 봐요.
나 저는 길을 걸으면서 휴대폰을 봐요.
다 …

음악을 듣다

한국어를 공부하다

4

반갑습니다. 동아리 모임에는 처음 오셨지요?

네, 오늘이 처음입니다.

1) 가 모임은 언제 언제 있습니까?
   나 매주 수요일 오후에 모임이 있습니다.

매주 every week 每週
매일 every day 每天
매달 every month 每月
매년 every year 每年

2) 가 회원은 모두 몇 명 정도 됩니까?
   나 좀 많습니다. 회비를 내고 있는 회원이 백 명 정도 됩니다.

정도 → about/approximately 左右

3) 가 이번 모임은 밖에서 하려고 하는데 어떻습니까?
   나 좋은 생각이네요. 그렇게 합시다.

4) 가 회원증은 어떻게 만듭니까?
   나 여기 신청서를 작성해 주시면 바로 만들어 드립니다.

회원증 → membership card 會員證

격식체 格式體

- 격식적인 상황에서 예의를 갖춰 말하거나 쓸 때 사용한다.
  在較為正式的狀況下有禮貌地說話或書寫時使用。
- 현재 現在 '-습니다/ㅂ니다'
  '-습니까/ㅂ니까'
  '-(으)십시오'
  '-(으)ㅂ시다'
- '-(으)ㅂ시다'는 윗사람에게는 사용하지 않는 것이 좋다.
  「-(으)ㅂ시다」最好不要對長輩或上司使用。

1 다음과 같이 이야기해 봐요.

모임 후에 뒤풀이가 있어요?
네, 있어요.

가 모임 후에 뒤풀이가 있습니까?
나 네, 있습니다.

① 회비가 얼마예요?
좀 비싸요.

② 외국인도 가입할 수 있어요?
네, 가능해요.

③ 주말에 보통 무엇을 해요?
집에서 쉬어요.

④ 지금 어디에서 살고 있어요?
회사 근처에서 살아요.

⑤ 동아리방이 여기에서 많이 멀어?
아니, 가까워.

⑥ 한국 생활이 어때요?
매일 매일이 즐거워요.

⑦ 어떤 음악을 좋아해요?
K-POP을 자주 들어요.

⑧ 성함이 어떻게 되세요?
강용재라고 해요.

⑨ 휴가가 언제예요?
다음 주 월요일부터예요.

⑩ 늦었어요. 빨리 가요.
잠깐만 기다려 주세요.

2 친구하고 이름, 직업, 사는 곳, 취미, 좋아하는 것 등에 대해 격식을 갖춰 질문하고 대답해 봐요.

5) 가 지난주 모임에는 왜 안 오셨어요?
   나 지난주에 일이 많고 좀 바빴습니다.

6) 가 어떻게 오셨습니까?
   나 가입 방법에 대해 물어볼 게 있어서 왔는데요.

- ‘에 대해’는 명사에 붙어 그 명사가 대상이나 상대임을 나타내요. ‘에 대해서, 에 대하여’ 형태로도 써요.
  「에 대해」加在名詞之後，表現該名詞是其對象或目標，也會以「에 대해서, 에 대하여」的形式使用。

7) 가 전에는 무슨 일을 하셨습니까?
   나 기자였습니다. 방송국에서 일했습니다.

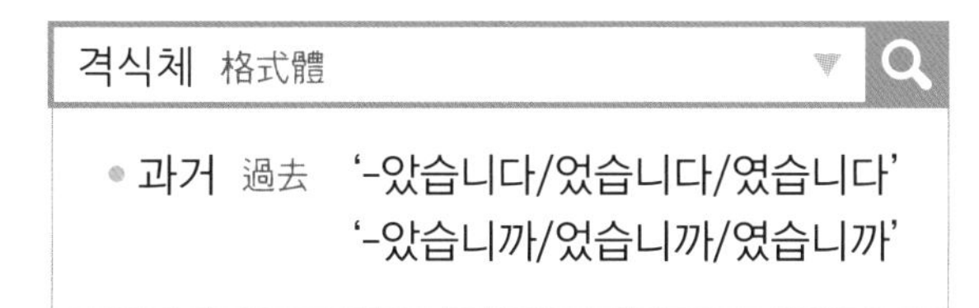

3 다음과 같이 이야기해 봐요.

동아리에 언제 가입했어요?	가 동아리에 언제 가입했습니까?
두 달 전에 가입했어요.	나 두 달 전에 가입했습니다.

① 지난주 모임에 참석했어요?
바빠서 못 갔어요.

② 태권도 배우는 것은 어때?
처음에는 좀 어려웠어.

③ 작년에 어디에서 살았어요?
작년에 고향에 있었어요.

④ 이거 누가 만들었어요?
저 사람한테 물어보세요.

⑤ 그 이야기를 어디에서 들었어요?

회사 선배한테 들었어요.

⑥ 여행 갔을 때 날씨가 어땠어요?

바람이 불어서 조금 추웠어요.

⑦ 어제 발표는 잘했어?

응, 덕분에 잘 끝냈어.

⑧ 한국에 오기 전에 무슨 일을 했어요?

승무원이었어요.

4 **고향에 있을 때 무슨 일을 했어요? 그때 생활은 어땠어요? 격식을 갖춰 친구하고 이야기해 봐요.**

8) 가 이제 뒤풀이하러 갑시다.
   나 먼저 가십시오. 저는 이것 좀 정리하고 가겠습니다.
   (정리하다 organize 整理)

9) 가 강용재 씨, 어제 제가 말한 일은 다했습니까?
   나 아직 못 했습니다. 곧 끝내겠습니다.
   (끝내다 finish 結束)

10) 가 졸업한 후에 무엇을 하려고 합니까?
   나 한국에 남아서 계속 공부를 할 겁니다.

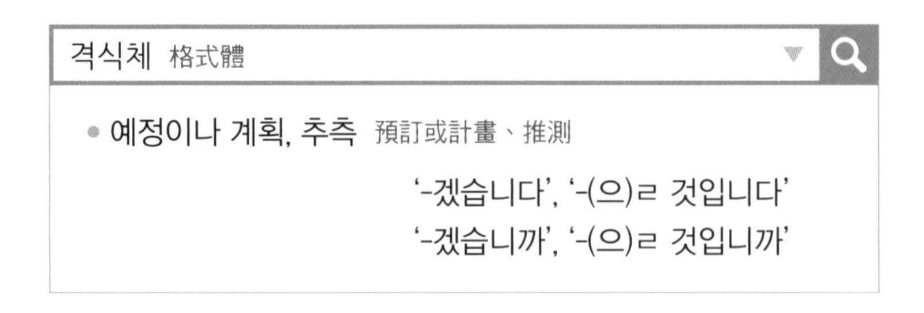

5 **다음과 같이 이야기해 봐요.**

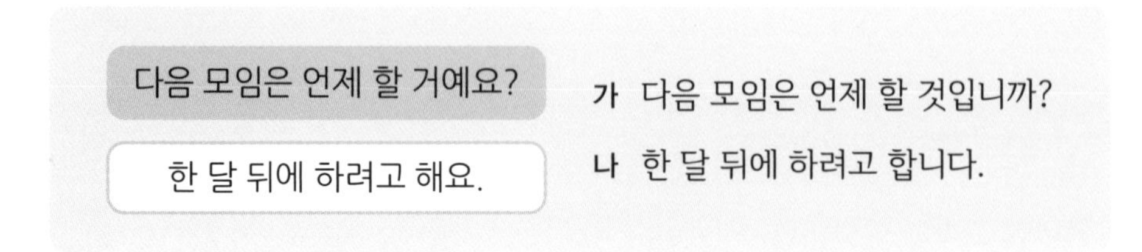

① 환송회 장소가 어디예요?

문자로 알려 드릴게요.

② 다음 주 환영회에 오실 거예요?

네, 꼭 갈 거예요.

③ 내일 날씨를 알아요?

내일도 추울 거예요.

④ 누가 말할 거예요?

제가 말할게요.

6 **다음에 대해 격식을 갖춰 친구하고 이야기해 봐요.**

가입하고 싶은 동아리

이번 학기에 할 일

- **'하고', '한테', '안', '못' 등은 격식적이거나 공식적인 말하기 상황이나 설명문 같은 글에서 '와/과', '에게', '-지 않다', '-지 못하다'로 사용해요.**

「하고」、「한테」、「안」、「못」等在正式的口說情境以及說明文等文章中使用時，會以「와/과」、「에게」、「-지 않다」、「-지 못하다」的形式使用。

하고	와/과
주말에는 보통 친구하고 놀아요. 빵하고 우유를 샀어요.	저녁에는 가족과 시간을 보냅니다. 신청서와 회비를 내면 됩니다.
한테	**에게**
모르는 것은 저한테 물어보세요.	궁금한 것은 총무에게 물어보십시오.
안	**-지 않다**
오늘은 별로 안 추워요.	오늘은 별로 춥지 않습니다.
못	**-지 못하다**
전화번호를 몰라서 연락 못 했어요.	연락처가 없어서 연락드리지 못했습니다.

- '-기 때문에'는 '-아서/어서/여서'와 같이 어떤 일의 이유나 원인을 나타내요. 자신의 감정이나 상황에 대한 이유를 나타낼 때에는 '-아서/어서/여서'를 쓰는 것이 자연스럽고, 분명한 이유를 강조해서 표현할 때는 '-기 때문에'를 쓰는 것이 좋아요.

  「-기 때문에」與「-아서/어서/여서」一樣，表現某件事情的理由或原因。在表現自己的感情或某種情況的理由時，使用「-아서/어서/여서」較為自然。而在強調明確的理由時，使用「-기 때문에」較好。

  어제는 너무 피곤해서 집에서 쉬었어요.

  어제는 일이 너무 많았기 때문에 늦게까지 일했습니다.

- 문장을 종결할 때는 '-기 때문이다' 형태로 써요.

  在句子收尾時以「-기 때이다」的形式使用。

5

제 꿈은 제가 좋아하는 가수를 직접 보는 거예요.

그렇게 될 거예요.

저는 우리 나라에서 태권도장을 만드는 것이 꿈이에요.

꿈이 이루어지길 바랄게요.

1 다음을 보고 위의 대화와 같이 이야기해 봐요.

훌륭하다 honorable/excellent 出色、優秀

①  훌륭한 기자가 되고 싶어요.

②  우리 고향에서 멋있는 한국 식당을 열고 싶어요.

③  좋아하는 가수의 콘서트에 가고 싶어요.

④ 

한 번 더 연습해요

1 **다음 대화를 들어 보세요.** 

1) 남자는 지금 무엇을 해요?

2) 남자는 어떤 사람이에요?

2 **다음 대화를 연습해 보세요.**

자기소개 좀 부탁드립니다.

안녕하십니까?
저는 몽골에서 온 바트 엥흐바야르입니다.
어릴 때부터 운동을 좋아해서 태권도에도 관심이 있었습니다.
앞으로 열심히 활동하겠습니다.

네, 열심히 활동하기를 바랄게요.

3 **여러분도 이야기해 보세요.**

1) 나 엘리 | 요리가 취미이다 | 한국 음식, 관심이 있다

2) 나 하리자 | 가수 제이를 좋아하다 | 인터넷, 팬클럽, 알게 되다

3) 나 벤자민 | 미국에서 오다 | 전부터, 게임, 좋아하다 | 친구, 동아리, 알게 되다

이제 해 봐요

들어요

1 다음은 동아리 가입에 대한 대화입니다. 잘 듣고 질문에 답해 보세요. 

1) 들은 내용과 같으면 ○, 다르면 ×에 표시하세요.

① 여자는 이 동아리의 회장입니다. ○ ×

② 남자는 홈페이지를 보고 이 동아리를 알게 됐습니다. ○ ×

2) 대화를 한 후 남자가 해야 할 행동으로 알맞은 것을 고르세요.

① ② ③

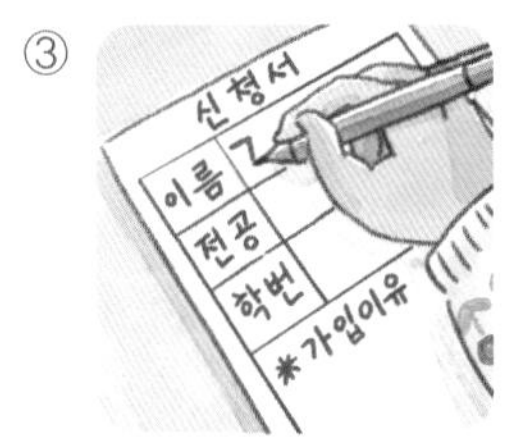

④

읽어요

1 다음은 팬클럽에 처음 가입한 사람의 글입니다. 잘 읽고 질문에 답해 보세요.

[가입인사] 안녕하세요. 팬클럽에는 처음 가입합니다. | 가입인사 게시판 20××.02.15

 제이찡(J-JJ*****) 블로그 가기

안녕하세요? 새로 가입한 신입 회원 이소라입니다. 고등학생 때부터 가수 제이를 알았습니다. 그런데 그때는 이렇게 좋아한 것은 아니었습니다. 지난달에 TV에서 제이가 피아노를 치면서 노래를 부르는 것을 보고 흥미가 생겼습니다. 목소리가 너무 좋고 노래를 정말 잘했기 때문입니다. 그래서 이렇게 팬클럽에도 가입했습니다. 아직 제이의 콘서트에 못 가 봤는데 콘서트에 가서 제이의 노래를 듣는 것이 제 꿈입니다. 앞으로 열심히 활동하겠습니다. 잘 부탁드립니다.

인쇄하기 | 담아가기

댓글 1

 천사제이(ange****) 20××.02.16
제이의 세계에 어서 오세요! 제이는 사랑입니다!!

1) 가입 계기가 나타난 부분을 찾으세요.

2) 읽은 내용과 같은 것을 고르세요.

① 이 사람은 팬클럽 활동을 고등학생 때 시작했습니다.

② 이 사람은 아직 가수 제이의 콘서트에 못 가 봤습니다.

③ 이 사람은 지난달에 가수 제이에 대해 알게 되었습니다.

말해요

1 동아리나 모임에 관심이 있어요? 가입 방법과 활동에 대해 이야기해 보세요.

A 관심 있는 동아리에 대해 알아보세요.

1) 어떤 동아리에 관심이 있어요? 아래 중에 하나를 선택하세요.

태권도 동아리 K-POP 댄스 동아리

2) 선택한 동아리에 대해 문의를 한다면 무엇을 물어볼 거예요? 생각해 보세요.

3) 선택한 동아리에 대해 알고 싶은 것을 물어보세요.

B 동아리 가입 방법에 대해 설명해 주세요.

씨요

1 여러분도 동아리 가입 인사 글을 써 보세요.

1) 가입 인사에 무엇을 쓸지 생각해 보세요.

2) 생각한 내용으로 가입 인사를 쓰세요.

문화 안녕하십니까?

- 공식적인 자리에서 격식을 갖춰 인사하는 표현을 알아봅시다.

- 다음 표현은 언제 하는 인사일까요? 생각해 봅시다.

- 여러분 나라에서는 어떤 인사말을 합니까?

자기 평가

이번 과 공부는 어땠어요? 별점을 매겨 보세요!

격식을 갖춰 문의를 하고 모임에 가입할 수 있어요?	☆☆☆☆☆

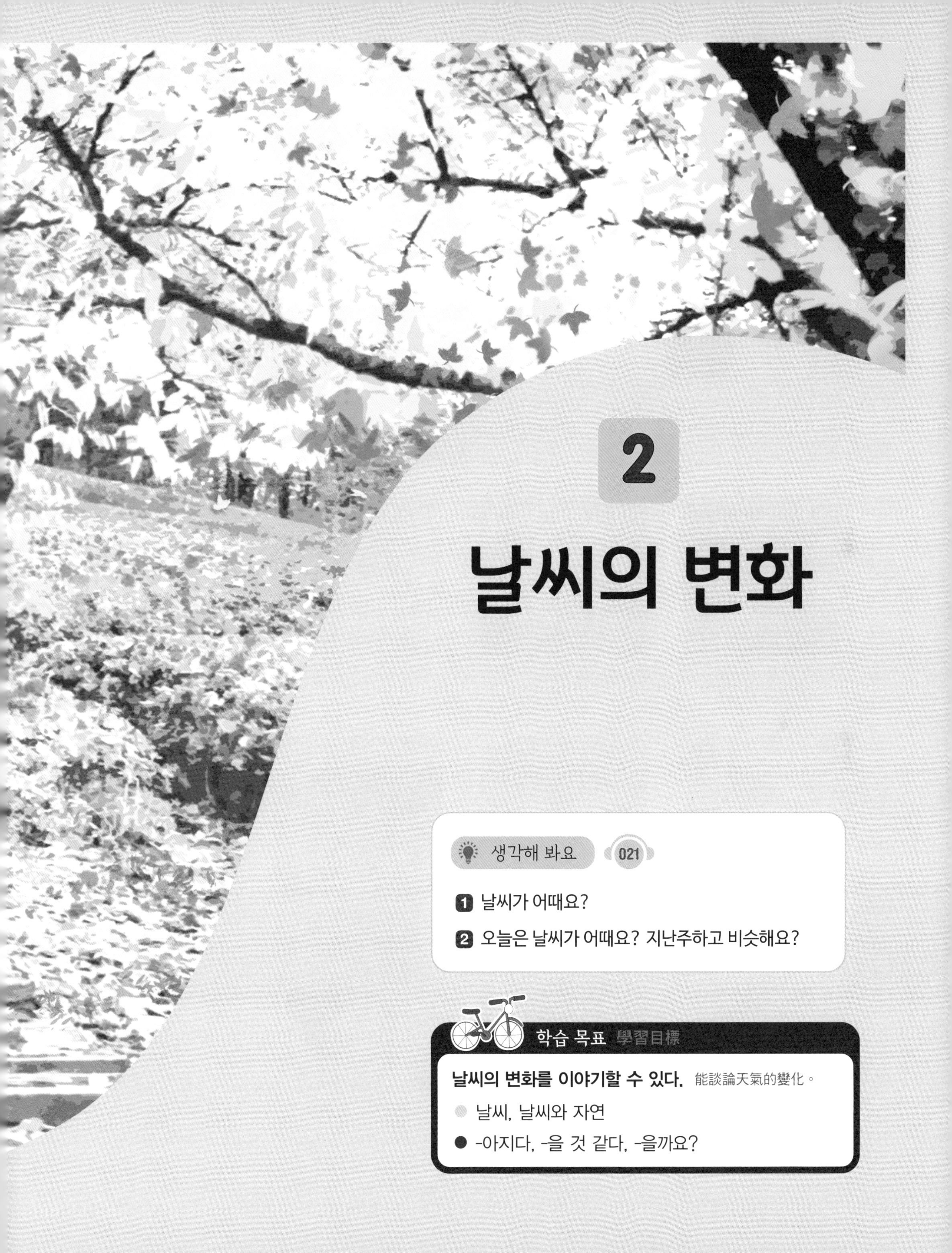

2

날씨의 변화

생각해 봐요 021

1 날씨가 어때요?

2 오늘은 날씨가 어때요? 지난주하고 비슷해요?

학습 목표 學習目標

날씨의 변화를 이야기할 수 있다. 能談論天氣的變化。

- 날씨, 날씨와 자연
- -아지다, -을 것 같다, -을까요?

배워요

비가 그쳤어요?

아니요, 계속 내려요.

날씨 

구름이 끼다

소나기가 내리다

천둥이 치다 번개가 치다

비가 그치다

화창하다

태풍이 불다

안개가 끼다

건조하다 습도가 낮다

습하다 습도가 높다

후텁지근하다

쌀쌀하다

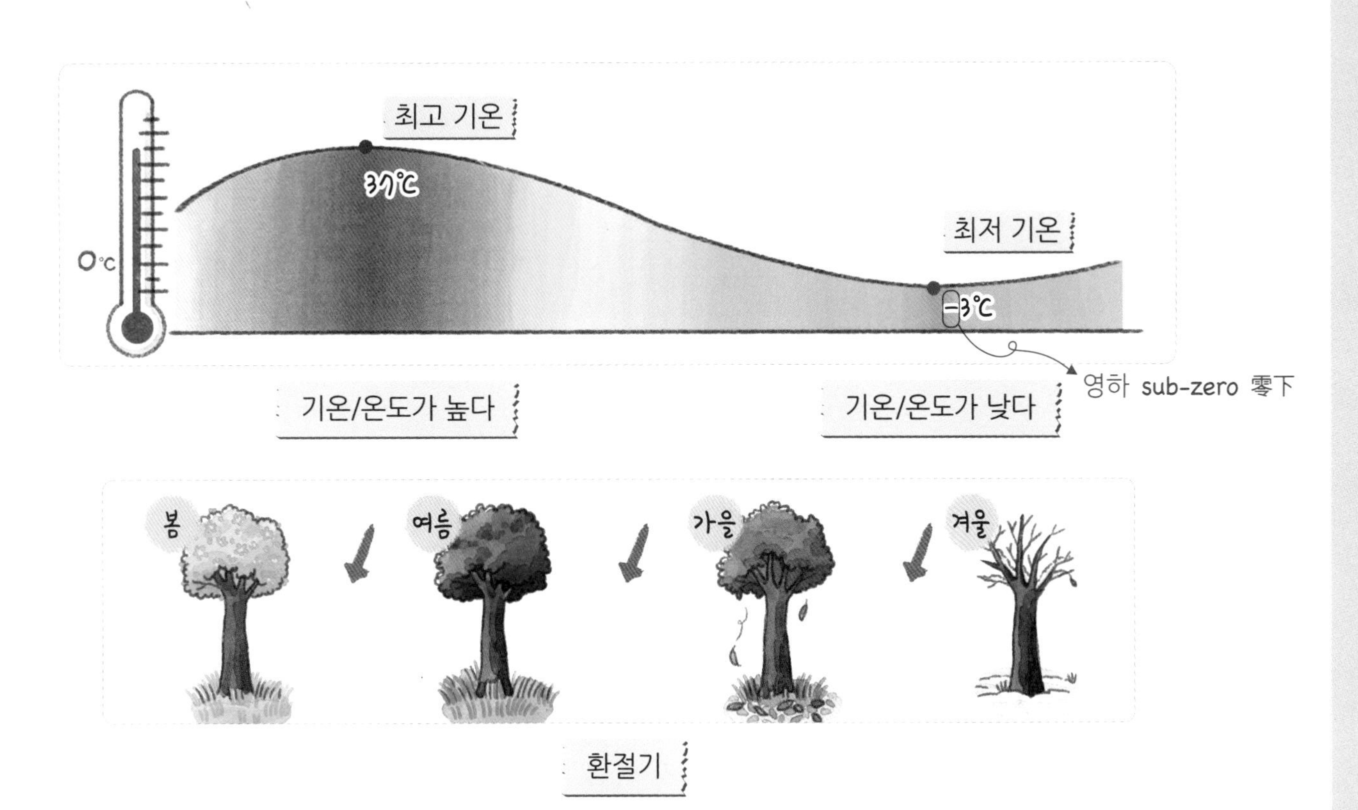

환절기

황사

미세 먼지

하늘이 뿌옇다

공기가 나쁘다

1) 가 안개가 많이 꼈네요.
   나 그러네요. 앞이 잘 안 보여요.

보이다 come into view 看到、看見

2) 가 미세 먼지가 심하네요.
   나 이런 날은 마스크를 쓰세요.

날 day 天氣、日子

3) 가 너 감기 걸렸어?
   나 아니. 알레르기야. 요즘 환절기라서 콧물도 나고 기침도 자주 해.

- **'라서'는 '이다', '아니다' 뒤에 붙어 이유를 나타내요.**
  「라서」加在「이다」、「아니다」之後表現理由。

  내일은 토요일이라서 학교에 안 가요.
  저는 이 학교의 학생이 아니라서 도서관에 못 들어가요.

1 다음과 같이 이야기해 봐요.

2 오늘 날씨가 어때요? 지난주는 날씨가 어땠어요? 한국의 날씨, 고향의 날씨를 이야기해 봐요.

2

날씨와 자연

해 해가 뜨다 해가 지다 달 별 구름 무지개

길 돌 나무 꽃 풀 하늘 땅

1) 가 눈이 많이 와서 신발이 다 젖었어요. → 젖다 wet 濕、浸濕
   나 그러면 길도 많이 미끄럽겠어요.

2) 가 1월 1일에 해 뜨는 거 보러 갈래요?
   나 어디 유명한 곳이 있어요? → 유명하다 famous 有名的

1 다음 사진을 보고 날씨와 자연의 모습에 대해 친구하고 이야기해 봐요.

2 오늘 날씨는 어때요? 교실 밖의 모습은 어때요? 이야기해 봐요.

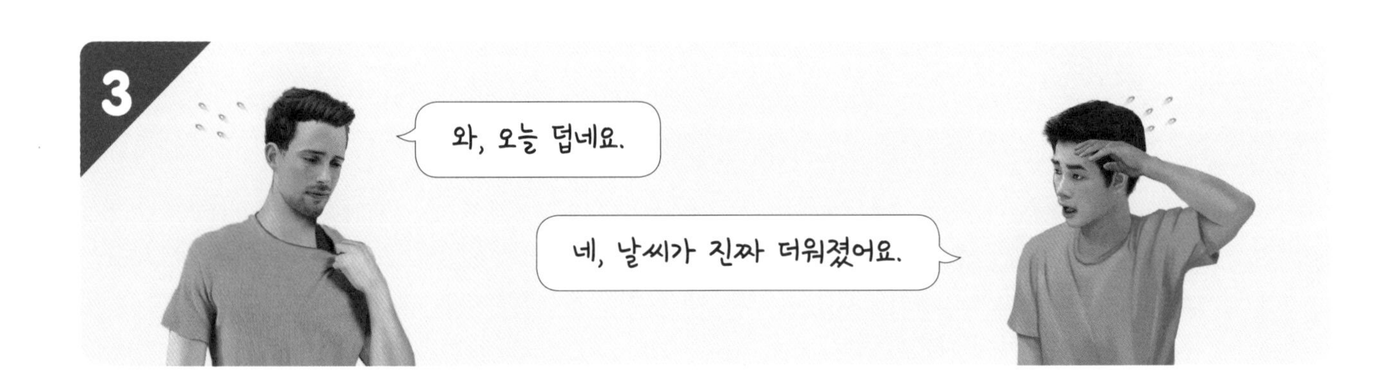

1) 가 날씨가 점점 추워지네요. 첫눈은 언제 와요?

나 11월 말쯤에는 첫눈이 내릴 거예요.

쯤 → around 左右

2) 가 오늘 날씨는 어때요? 좀 시원해졌어요?
나 아니요, 어제보다 더 더워요.

• '보다'는 앞말이 비교의 대상임을 나타내요.
「보다」表現前面的內容是比較的對象。
가 수미 씨 동생도 키가 커요?
나 네, 저보다 제 동생이 더 커요.

3) 가 무함마드 씨는 요즘도 학교에 늦게 와요?
나 아니요, 일찍 와요. 3급이 되고 나서 많이 달라졌어요.

4) 가 외국 생활이 처음이라서 힘들어요.
나 저도 처음엔 그랬어요. 곧 익숙해질 거예요.

익숙하다 familiar 熟悉的

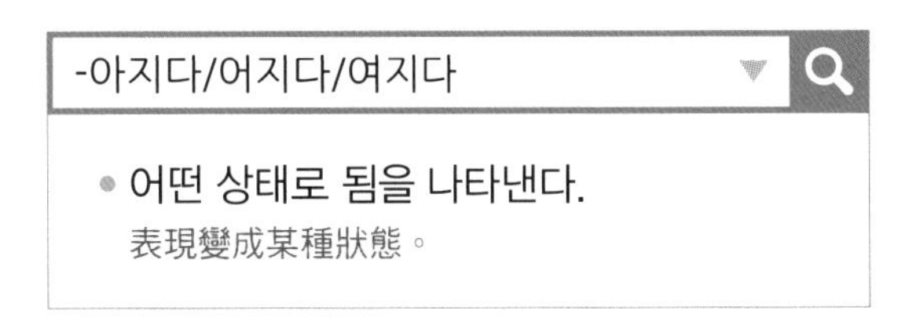

1 다음과 같이 이야기해 봐요.

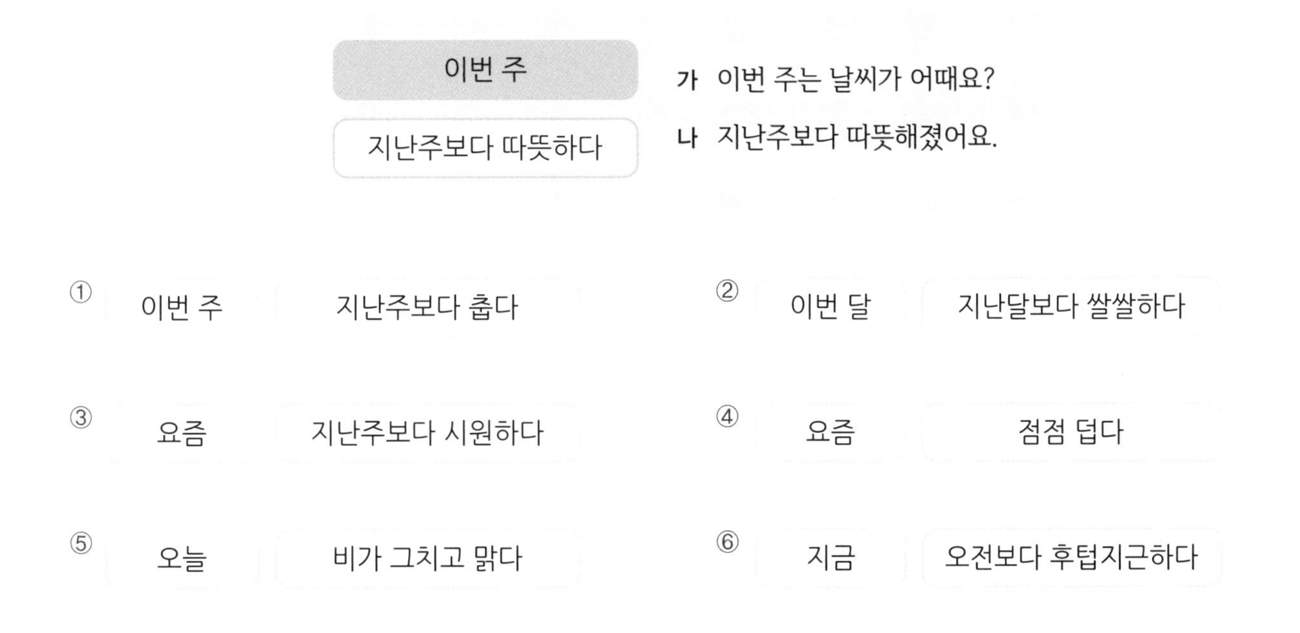

2 한국에 처음 왔을 때 날씨가 어땠어요? 지난달은 날씨가 어땠어요? 요즘 날씨는 어때요? 어떻게 달라졌어요?

3 다른 사람이 이사 왔어요. 방이 어떻게 달라졌어요? 그림을 보고 이야기해 봐요.

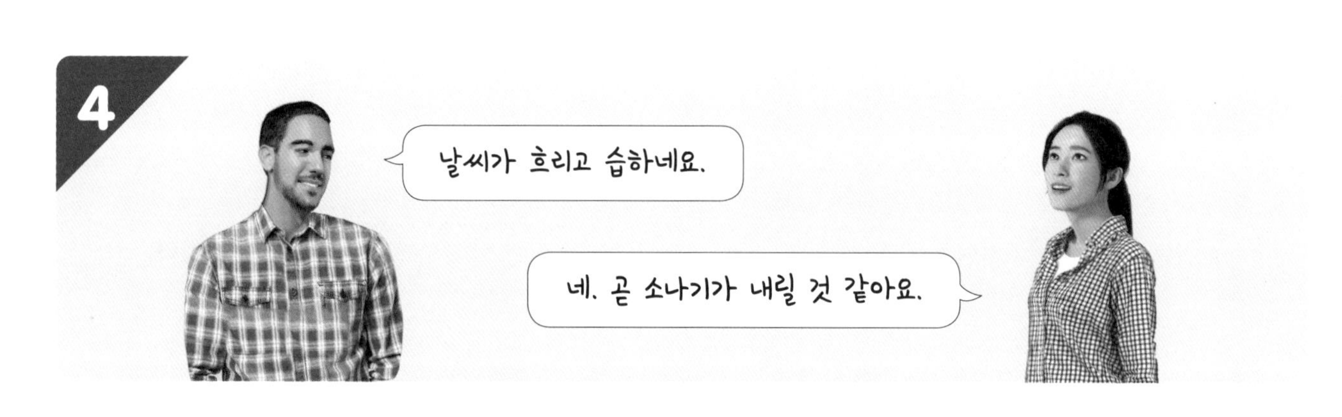

1) 가 오늘은 하늘에 별이 잘 보이네요.
   나 네. 내일은 날씨가 맑을 것 같아요.

2) 가 눈이 아직도 내려요?
   나 네. 눈이 많이 쌓일 것 같아요. 집에 빨리 가는 게 좋겠어요.

3) 가 이 옷이 저한테 잘 어울릴 것 같아요?
   나 그것도 좋은데 저게 더 잘 어울릴 것 같아요.

4) 가 우리 저 영화 볼래?
나 싫어. 너무 무서울 것 같아.

-(으)ㄹ 것 같다 

- 어떤 사실이나 상태에 대한 추측을 나타낸다. 구체적인 근거 없이 주관적으로 추측할 때 주로 사용한다.
  表現對某種事實或狀態的推測。主要用於沒有具體根據的主觀推測。
- 자신의 의견을 겸손하고 부드럽게 이야기할 때도 사용한다.
  也使用於謙和、委婉地表達自己的意見。

1 다음과 같이 이야기해 봐요.

비가 오다	가 비가 올 것 같아요?
오후에 소나기가 오다	나 네, 오후에 소나기가 올 것 같아요.

① 오늘도 덥다 / 어제보다 후텁지근하다

② 내일도 날씨가 춥다 / 바람이 불다, 쌀쌀하다

③ 내일은 날씨가 좋다 / 비가 그치다, 화창해지다

④ 오늘 미세 먼지가 심하다 / 집에 있는 것이 좋다

5

1) 가 밖에 추울까?
나 추울 것 같아. 따뜻하게 입어.

- '-게'는 형용사에 붙어 뒤에 오는 동사를 꾸며 줘요.
  「-게」加在形容詞之後，修飾後面出現的動詞。
  글씨를 크게 써 주세요.

2) 가 올해 크리스마스에 눈이 올까요?
   나 눈이 오면 정말 좋을 것 같아요.

3) 가 나 오늘부터 매일 운동할 거야.
   나 글쎄, 잘할 수 있을까?

> **-(으)ㄹ까요?**
>
> • 어떤 일에 대해 묻거나 추측할 때 사용한다.
> 用於詢問或推測某事。

1 다음과 같이 이야기해 봐요.

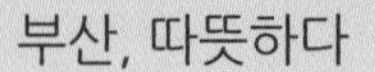

가 부산은 따뜻할까요?

나 따뜻할 것 같아요.

① 거기, 춥다

② 내일, 후텁지근하다

③ 이 떡볶이, 많이 맵다

④ 수지 씨, 노래를 잘 부르다

⑤ 이 책, 재미있다

2 다음에 대해 친구하고 이야기해 봐요.

내일 날씨 | 친구가 좋아하는 것

한 번 더 연습해요

1 **다음 대화를 들어 보세요.** 

1) 두 사람은 무엇에 대해 이야기해요?

2) 요즘 날씨가 어때요?

2 **다음 대화를 연습해 보세요.**

날씨가 따뜻하네요.

네, 어제보다 따뜻해졌어요.

내일도 이렇게 따뜻할까요?

네, 따뜻할 것 같아요.

3 **여러분도 이야기해 보세요.**

1)

가 미세 먼지가 심하다

나 공기가 나쁘다 / 내일은 더 나쁘다

2)

가 날씨가 춥다

나 어제보다 많이 춥다 / 옷을 따뜻하게 입어야 하다

3)

가 후텁지근하다

나 습도가 높다 / 그렇다

이제 해 봐요

들어요

1 다음은 두 사람이 날씨에 대해 이야기하는 대화입니다. 잘 듣고 질문에 답해 보세요. 

1) 오늘 날씨는 어때요? 맞는 것을 고르세요.

①  ②  ③  ④ 

2) 들은 내용과 같으면 ○, 다르면 ×에 표시하세요.

① 남자는 어제 잠을 잘 잤습니다. ○ ×

② 지금은 태풍이 자주 오는 계절입니다. ○ ×

말해요

1 여러분의 고향은 날씨가 어때요? 고향의 날씨에 대해 이야기해 보세요.

1) 다음에 대해 할 수 있는 질문을 만드세요.

비

눈

기온

습도

2) 우리 고향에 대해 생각하고 위의 질문에 대한 대답을 생각해 보세요.

3) 위의 내용에 대해 친구하고 이야기하세요.

4) 위의 항목 중 2~3개를 묶어서 고향의 1년 동안 날씨 변화에 대해 소개하세요.

읽어요

1 다음은 날씨의 변화에 대해 쓴 글입니다. 잘 읽고 질문에 답해 보세요.

저는 산에 가는 것을 좋아합니다. 한국에서도 여러 산에 가 봤습니다. 지난 휴가 때 친구하고 같이 한국에서 가장 높은 산에 갔습니다. 새벽 5시에 산 입구에서 등산을 시작했습니다. 아직 해가 뜨기 전이었고 안개도 껴서 앞이 잘 안 보였습니다. 전날 비가 와서 땅도 젖어 있었습니다.

"오늘 등산은 좀 힘들 것 같은데……." 친구가 걱정을 했습니다.

우리는 말없이 한 걸음 한 걸음 걸었습니다. 한 시간쯤 올라갔을 때 해가 떴습니다. 아름다운 경치가 보이기 시작했습니다. 산 정상에 도착했을 때 날씨가 아주 화창해졌습니다. 구름도 없고 시원한 바람이 불어서 아주 상쾌했습니다.

상쾌하다 refreshing 舒暢的

1) 날씨가 어땠어요? 쓰세요.

2) 읽은 내용과 같으면 ○, 다르면 ×에 표시하세요.

① 이 사람은 한국에서 여러 번 등산을 했습니다. ○ ×

② 이 사람은 산 정상에서 해가 뜨는 것을 봤습니다. ○ ×

쓰요

1 날씨와 관련된 특별한 경험을 써 보세요.

1) 다음에 대해 생각해 보세요.

- 어떤 날씨였어요?
  눈, 비가 많이 온 날, 하루의 날씨 변화가 심한 날 등

- 그래서 무슨 일이 있었어요?
  학교에 못 갔어요, 나무가 쓰러졌어요 등

- 그때 기분이 어땠어요?

2) 생각한 것을 바탕으로 글을 쓰세요.

문화 봄·여름·가을·겨울

● 한국의 봄 · 여름 · 가을 · 겨울을 대표하는 자연과 음식을 알아봅시다.

냉면	눈사람	떡국	벚꽃	붕어빵	송편
수박	유채꽃	은행나무	코스모스	파란 하늘	팥빙수

● 여러분 나라의 각 계절의 모습은 어떻습니까?

자기 평가

이번 과 공부는 어땠어요? 별점을 매겨 보세요!

날씨의 변화를 이야기할 수 있어요?	☆ ☆ ☆ ☆ ☆

3

새로운 생활

생각해 봐요 031

1. 웨이 씨의 요즘 생활은 어때요?
2. 여러분은 요즘 어떻게 지내요?

학습 목표 學習目標

새로운 생활에 대해 이야기할 수 있다.
能談論新生活。

- 사는 곳, 식사 방법, 음식 재료와 음식
- -거든요, -은 지 되다, -게 되다
- 식사 방법에 대해 묻고 답하기

배워요

1

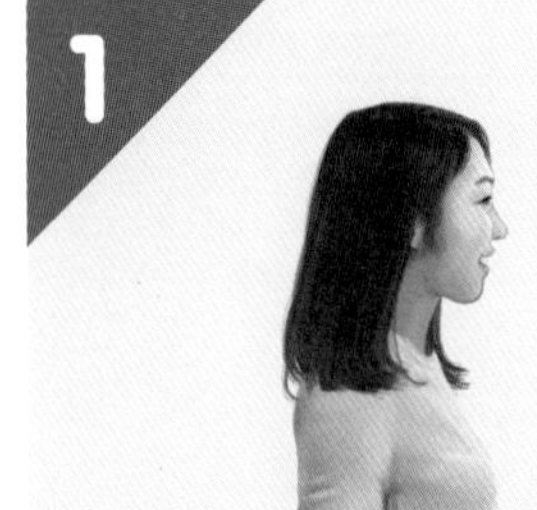

너 아직도 기숙사에서 살아?

아니. 얼마 전에 학교 근처 원룸으로 이사했어.

사는 곳

기숙사

고시원

원룸

주택

아파트

빌라

옥탑방

반지하

월세　　전세　　보증금　　관리비

1) 가 지금 사는 기숙사가 불편해서 원룸으로 이사하고 싶은데요.
　 나 그럼 부동산에 한번 가 보세요. 저도 거기에서 구했어요.
　 (부동산: real estate 房屋仲介)

2) 가 새로 이사한 고시원은 어때요?
　 나 방은 좀 작지만 보증금이 없어서 좋아요.

3) 가 빌라가 깨끗하고 좋네요. 이 집은 월세가 어떻게 돼요?
나 월세는 60만 원이고 관리비는 한 달에 5만 원이에요.

1 다음과 같이 이야기해 봐요.

가 이사한 곳은 어때요?

나 아파트인데 화장실이 두 개라서 좋아요.

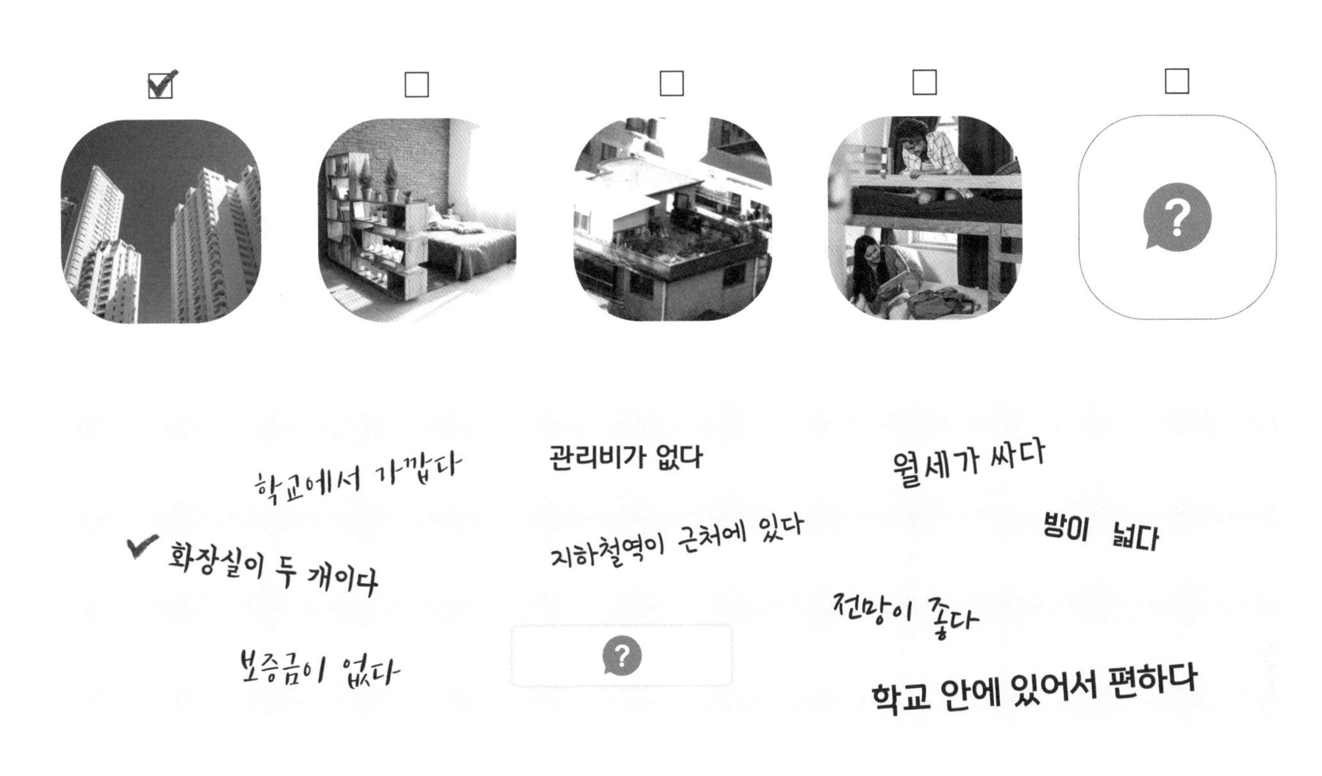

2 여러분은 지금 어디에서 살아요? 그곳은 어때요? 어떤 점이 마음에 들어요? 어떤 점이 마음에 안 들어요? 친구하고 이야기해 봐요.

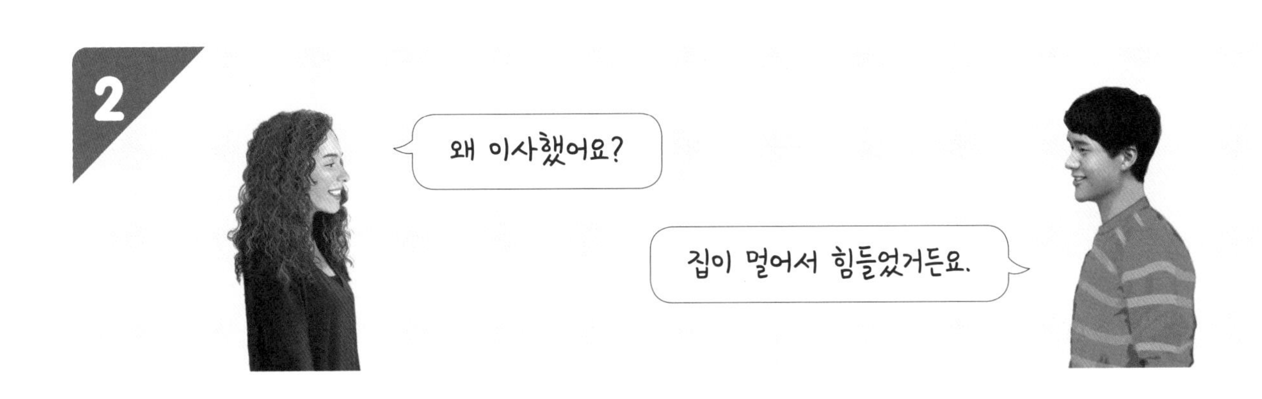

1) 가 이 방은 창문이 없어서 좀 답답할 것 같아요.
답답하다 stuffy, frustrating 悶、煩悶的
나 그럼 옥탑방도 있는데 거기에 한번 가 보실래요? 거기는 창이 크거든요.

2) 가 요즘 날씨가 좋은데 주말에 등산 갈래요?
나 다음에 가요. 요즘 시험 때문에 바쁘거든요.

• '때문에'는 명사 뒤에 쓰여 원인을 나타내요.
「때문에」用於名詞之後表現原因。
룸메이트 때문에 힘들어요.

3) 가 이번 주말에 뭐 할래요?
나 찜질방에 가 보고 싶어요. 아직 한 번도 못 가 봤거든요.

4) 가 이것도 정말 맛있네요. 재영 씨가 만든 음식은 다 맛있는 것 같아요.
나 고마워요. 사실 요리하는 게 제 취미거든요.

-거든요

- 상대가 모를 것이라고 생각하는 사실을 알려 주거나 앞의 말에 대한 이유나 근거를 덧붙일 때 사용한다.
用於告知對方可能不知道的事實，或對前面的話補充理由或根據。

1 다음과 같이 이야기해 봐요.

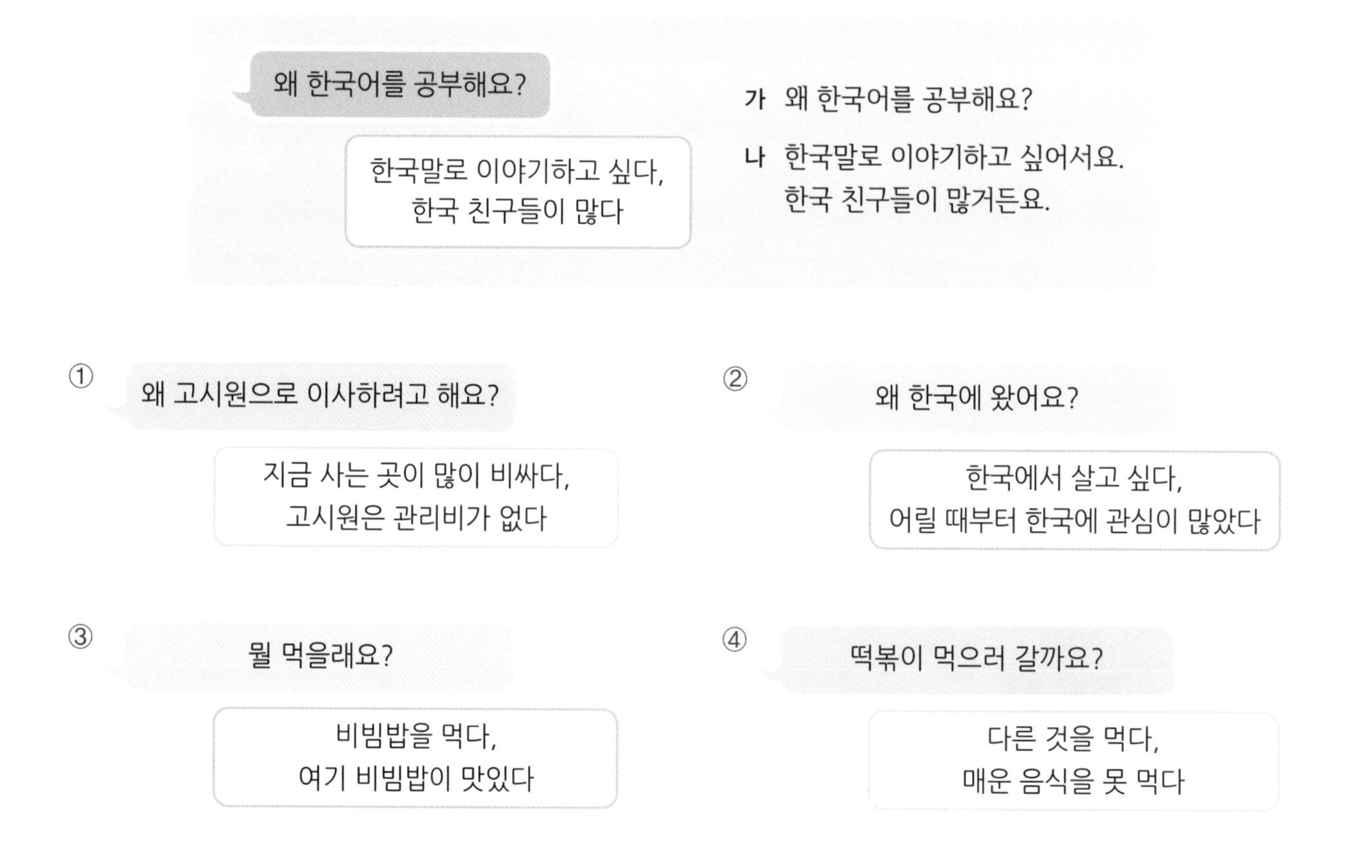

⑤

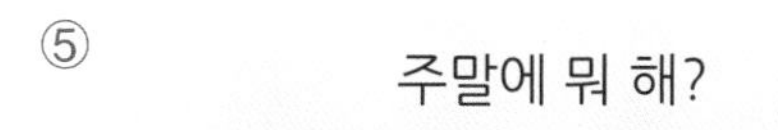

주말에 뭐 해?

홍대에 갈 것이다,
약속이 있다

⑥

언제 만날까요?

다음 주에 만나다,
이번 주는 좀 바쁘다

2 여러분은 왜 한국에 왔어요? 왜 한국어를 공부해요? 친구하고 이야기해 봐요.

3

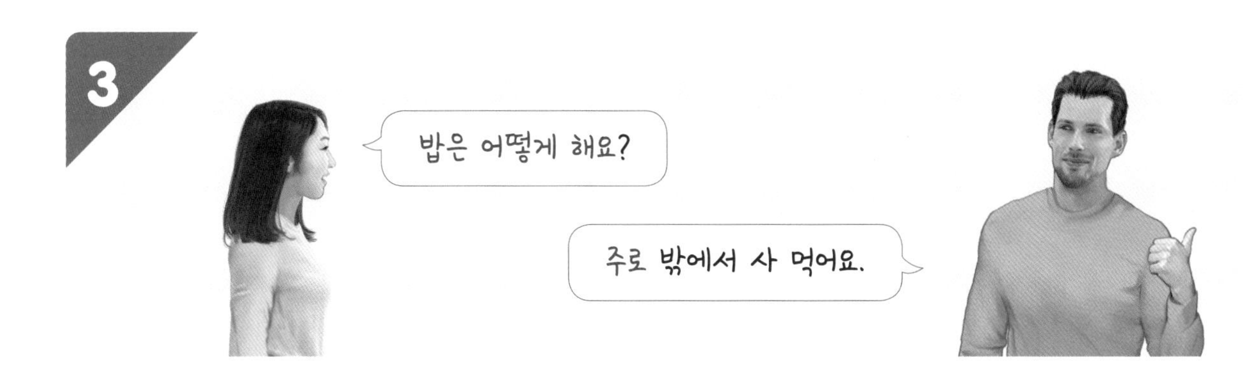

사(서) 먹다

사다 먹다 | 포장해 오다

시켜 먹다

집에서 해(서) 먹다

1) 가 집에 먹을 게 없네. 우리 그냥 시켜 먹을까?
   나 그래. 그럼 난 돈가스 먹을래. 내가 주문할게.

2) 가 오늘 저녁은 사 먹는 게 어때요?
   나 비도 오는데 그냥 집에서 해 먹어요. 제가 맛있는 거 해 줄게요.

1 여러분은 주로 밥을 어떻게 해요? 고향에 있을 때는 어떻게 했어요? 친구하고 이야기해 봐요.

4

한국 음식은 어때요?

맛있어요.
그런데 고기가 들어간 음식이 많아서 좀 힘들어요.

음식 재료와 음식

채식주의자　　　　할랄 음식

볶음-볶다

튀김-튀기다

국, 찌개, 탕-끓이다

구이-굽다

1) 가 오늘 저녁은 치킨 어때?
   나 나는 튀긴 음식은 별로인데. 소화가 잘 안 되거든. (소화가 안 되다 indigestible 消化不良)

2) 가 다 된 것 같은데 이제 먹을까?
   나 잠깐만. 채소는 다 익었는데 고기가 아직 덜 익었어. (익다 cooked 熟)

3) 가 여기 칼국수가 맛있는데 먹을래요?
   나 제가 밀가루 음식을 안 좋아해서요. 전 다른 거 먹을게요. (밀가루 flour 麵粉)

1 **다음과 같이 이야기해 봐요.**

가 우리 비빔밥 먹을까요?

나 미안해요. 저는 채소를 별로 안 좋아해요.

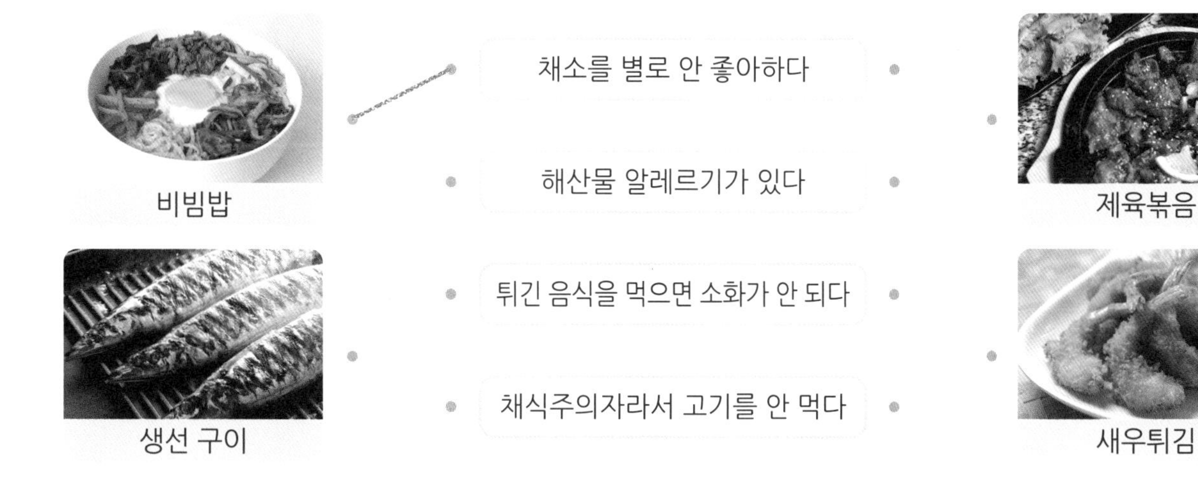

제육볶음

새우튀김

2 **여러분은 어떤 음식을 좋아하고 어떤 음식을 싫어해요? 친구들하고 이야기해 봐요.**

5

1) 가 학교 근처에서 살아요?
   나 네. 학교 근처로 옮긴 지 6개월 됐어요.
   옮기다 move 移動、搬運

2) 가 무함마드 씨는 고향에 자주 가요?
   나 고향에 못 간 지 벌써 1년 됐어요. 바빴거든요.

3) 가 요즘도 주말마다 자전거를 타요?
   나 아니요, 못 탄 지 한 달쯤 됐어요. 주말마다 모임이 있었거든요.

4) 가 요가를 배운 지 오래 됐어요?
   나 아니요, 저도 배운 지 얼마 안 됐어요.

- '마다'는 시간을 나타내는 말 뒤에 붙어 그 시간에 한 번씩의 뜻을 나타내요.
  「마다」加在表現時間的詞之後，表現每到那個時間就一次的意思。
  월요일마다 시험이 있습니다.

-(으)ㄴ 지 [시간] 되다

- 어떤 일을 한 후부터 말하는 때까지의 시간의 경과를 나타낸다.
  表現從做某事開始到說話的當下所經過的時間。

1 다음과 같이 이야기해 봐요.

한국어를 공부하다	6개월

가 한국어를 공부한 지 얼마나 됐어요?
나 6개월 됐어요.

①	아르바이트를 하다	이틀
②	그 사람하고 사귀다	123일
③	영화가 시작하다	5분
④	기숙사에서 살다	한 학기

2 여러분은 얼마나 됐어요? 다음과 같이 이야기해 봐요.

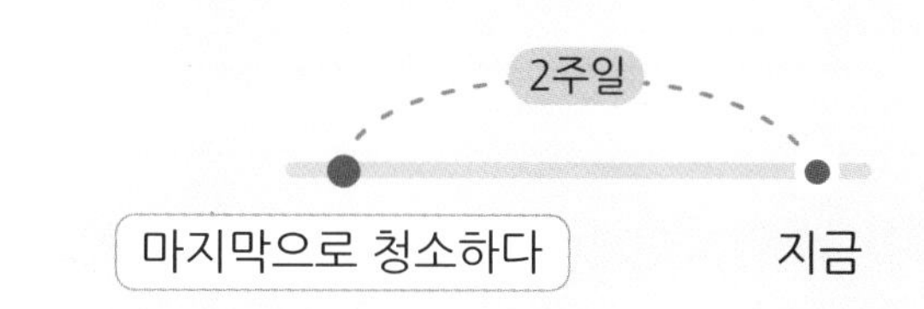

가 청소 (안) 한 지 얼마나 됐어요?

나 2주일 됐어요.

① 밥을 먹다

② 화장실에 가다

③ 부모님께 전화하다

④ 음식을 만들다

⑤ 마지막으로 병원에 가다

⑥

6

언제부터 한국에 관심이 있었어요?

고등학교 때 처음 한국 드라마를 봤는데요. 그때부터 한국을 좋아하게 됐어요.

1) 가 한국 음식 중에 매운 음식이 많은데 괜찮아요?
 나 처음에는 잘 못 먹었는데 이제 잘 먹게 됐어요.

2) 가 여기에서 계속 혼자 살았어?
 나 아니. 전에는 형이랑 살았는데 형이 취직한 후로 혼자 살게 됐어.

- '(이)랑'은 '하고', '와/과'와 같은 의미인데 아주 편하게 말하는 상황에서 주로 사용해요.
 「(이)랑」與「하고」、「와/과」的意思相同，主要在非常輕鬆地說話時使用。
 생일 선물로 케이크랑 편지를 받았어요.

3) 가 페이, 너 정말 중국에 돌아가?
 나 어. 집에 일이 생겨서 갑자기 가게 됐어. 이렇게 가게 돼서 너무 아쉬워.

아쉽다 regretful 可惜的、捨不得

4) 가 이거 자막도 없는데 이해하면서 보는 거야?
나 응. 여러 번 봐서 어느 정도 이해할 수 있게 됐어.

subtitles 字幕
이해하다 understand 理解

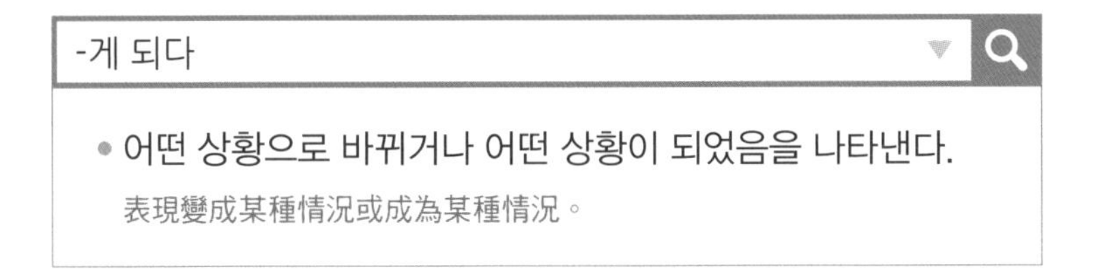

-게 되다

- 어떤 상황으로 바뀌거나 어떤 상황이 되었음을 나타낸다.
  表現變成某種情況或成為某種情況。

1 다음과 같이 이야기해 봐요.

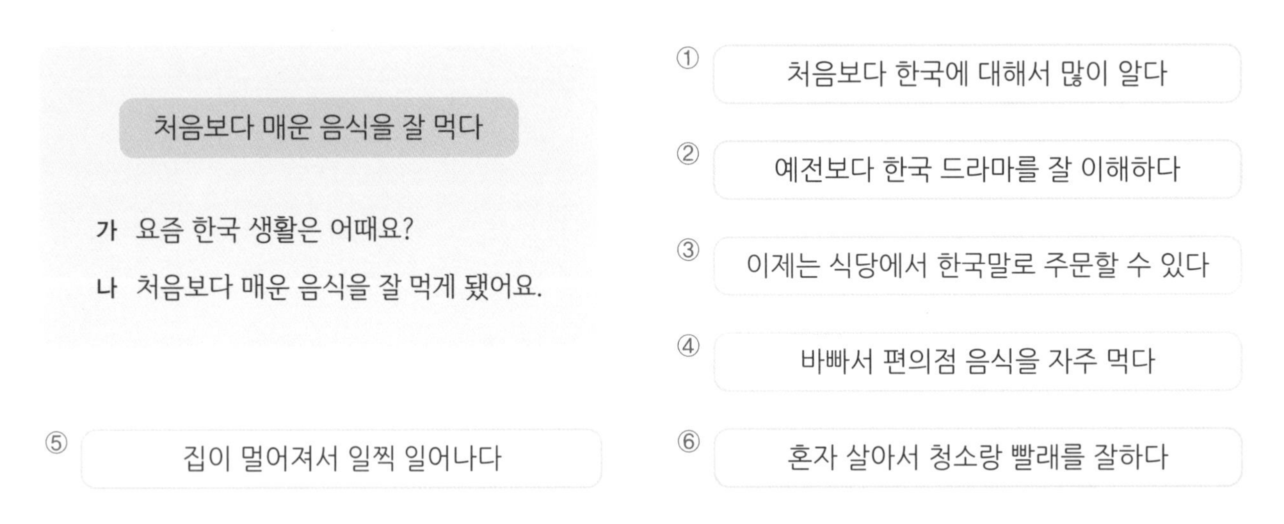

처음보다 매운 음식을 잘 먹다

가 요즘 한국 생활은 어때요?
나 처음보다 매운 음식을 잘 먹게 됐어요.

① 처음보다 한국에 대해서 많이 알다
② 예전보다 한국 드라마를 잘 이해하다
③ 이제는 식당에서 한국말로 주문할 수 있다
④ 바빠서 편의점 음식을 자주 먹다
⑤ 집이 멀어져서 일찍 일어나다
⑥ 혼자 살아서 청소랑 빨래를 잘하다

2 다음은 웨이 씨가 처음 한국에 왔을 때의 모습이에요. 지금 웨이 씨는 어떻게 달라졌을까요?

3 여러분은 최근에 무엇이 달라졌어요? 무엇을 잘하게 됐어요? 친구하고 이야기해 봐요.

한 번 더 연습해요

1 다음 대화를 들어 보세요. 

1) 두 사람은 무엇에 대해 이야기해요?

2) 여자는 언제 한국에 왔어요? 한국 생활이 어때요?

2 다음 대화를 연습해 보세요.

두엔 씨는 한국에 온 지 얼마나 됐어요?

이제 6개월 됐어요. 바트 씨는요?

저는 이제 한 달 되었어요. 두엔 씨는 어디에서 살아요?

얼마 전에 원룸으로 이사했어요.
전에는 기숙사에서 살았는데 방이 너무 작아서 불편했거든요.

그러면 밥은 어떻게 해요?

요리할 시간이 없어서 주로 사 먹어요.

3 여러분도 이야기해 보세요.

1)

가	3개월	나	1년 원룸, 월세가 비싸다	기숙사 부엌이 없다, 사다 먹다

2)

가	반년	나	6개월 반지하, 너무 답답하다	옥탑방 요리를 잘 못하다, 시켜 먹다

이제 해 봐요

들어요

1 다음은 두 사람의 대화입니다. 잘 듣고 질문에 답해 보세요. 

1) 남자는 한국에서 산 지 얼마나 됐어요?

2) 들은 내용과 같은 것을 고르세요.

① 남자는 주로 밥을 시켜 먹습니다.

② 여자는 미국에 있을 때도 남자를 알았습니다.

③ 남자는 한국어를 잘 못해서 불편한 게 많습니다.

읽어요

1 다음은 새로운 생활에 대해 쓴 글입니다. 잘 읽고 질문에 답해 보세요.

저는 이번 방학에 이사를 하려고 합니다. 한국에 온 지 일 년이 됐는데 벌써 세 번째 이사를 하게 되었습니다. 처음 한국에 왔을 때는 고시원에서 살았는데 방이 너무 작아서 답답했습니다. 얼마 전에 기숙사로 옮겼는데 방은 넓지만 음식을 해 먹을 수 없어서 불편했습니다. 그래서 이번 학기가 끝나면 학교 근처 원룸으로 이사를 가려고 합니다. 거기는 방도 크고 부엌이 있어서 요리도 할 수 있습니다. 집을 구할 때 동아리 친구가 도와줘서 싸고 넓은 집을 찾을 수 있었습니다. 새로 이사한 곳에서 건강하고 행복하게 지내고 싶습니다.

부엌 → kitchen 廚房

1) 이 사람은 처음에 어디에서 살았어요? 지금은 어디에 살아요? 어디로 이사 가려고 해요? 그리고 그 곳들은 어때요?

2) 읽은 내용과 같으면 ○, 다르면 ×에 표시하세요.

① 이 사람은 1년 전에 한국에 왔습니다. ○ ×

② 이 사람은 지금 동아리 친구와 같이 살고 있습니다. ○ ×

1 새로운 생활에 대해 친구하고 이야기해 보세요.

1) 여러분의 요즘 생활은 어때요? 한국에 오기 전 또는 한국어를 공부하기 전과 달라진 것이 있어요? 아래 내용을 생각해 보세요.

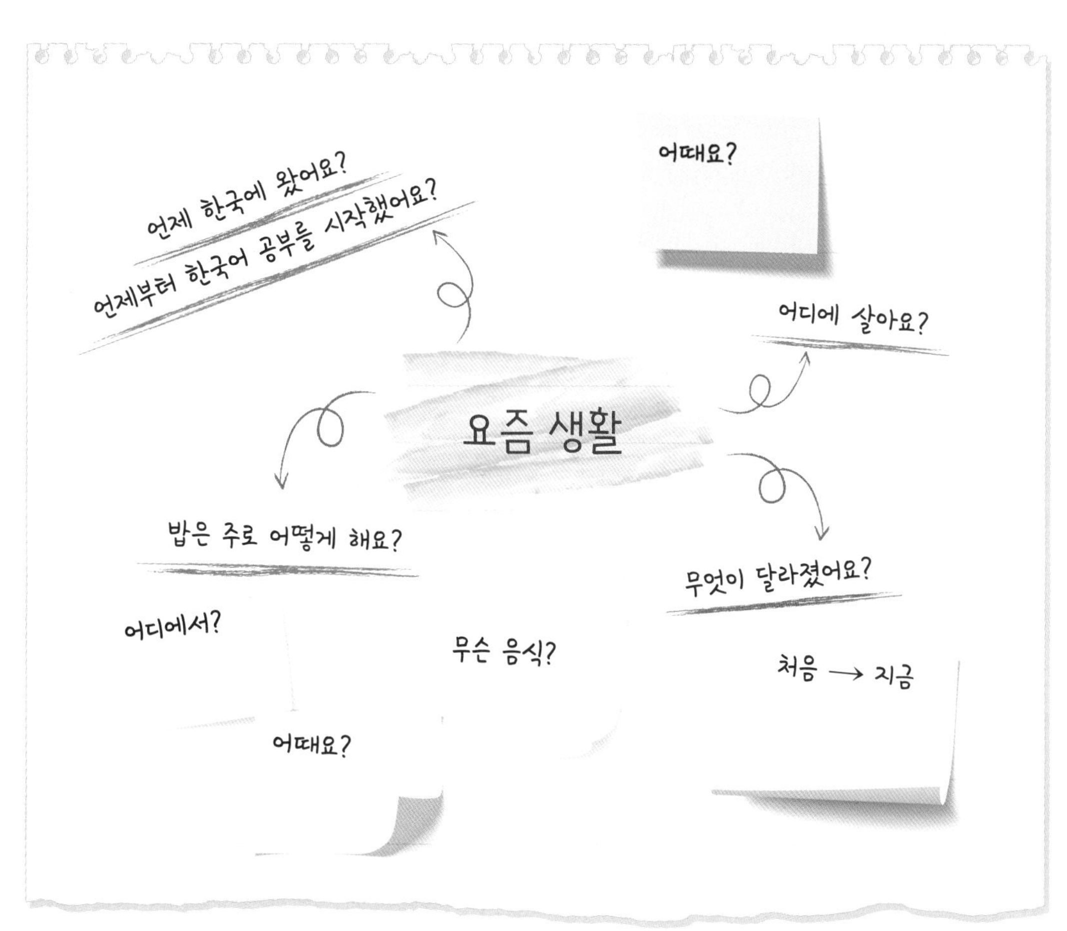

2) 친구들하고 새로운 생활에 대해 이야기하세요.

쓰요

1 여러분의 새로운 생활에 대해 글을 써 보세요.

1) 말하기에서 이야기한 내용을 바탕으로 글을 쓸 거예요. 어떤 순서로 쓸 거예요? 생각해 보세요.

2) 생각한 내용을 바탕으로 글을 쓰세요.

발음 소리 내어 읽기 1

- 다음을 읽어 보십시오. 

이곳에 살기 시작한 지 삼 년이 되었습니다. 처음에는 말도 통하지 않고 친구도 없어서 많이 외로웠습니다. 무엇보다 음식이 달라서 힘들었습니다. 우리 고향에서는 고기와 감자를 주로 먹는데 여기는 해산물과 채소를 많이 먹습니다. 바다가 가까워서 해산물을 쉽게 구할 수 있기 때문입니다. 그리고 조리 방법도 차이가 있습니다. 우리 고향에서는 굽거나 튀기는 요리가 많은데 여기는 재료 그대로 먹는 경우가 많습니다. 일 년 내내 기온이 높아서 간단히 요리해서 빨리 먹을 수 있는 음식을 좋아하는 것 같습니다. 덕분에 이곳에 온 후로 몸이 많이 가벼워지고 건강해졌습니다.

- 다시 읽으십시오. 이번에는 어디에서 쉬면 좋을지 표시한 후 읽으십시오.

- 다시 읽으십시오. 이번에는 틀리지 않고 빠른 시간 안에 읽어 보십시오.

자기 평가

이번 과 공부는 어땠어요? 별점을 매겨 보세요!

새로운 생활에 대해 이야기할 수 있어요?	☆ ☆ ☆ ☆ ☆

4

나의 성향

생각해 봐요 041

1. 나쓰미 씨는 일을 할 때 어때요?
2. 여러분은 공부하거나 일을 할 때 어떻게 해요?

학습 목표 學習目標

성향에 대해 말할 수 있다. 能針對性向進行談論。

- 성격과 성향, 걱정/고민, 조언
- -은/는 편이다, 반말(-자, -아), -으려면
- 걱정과 조언 말하기

배워요

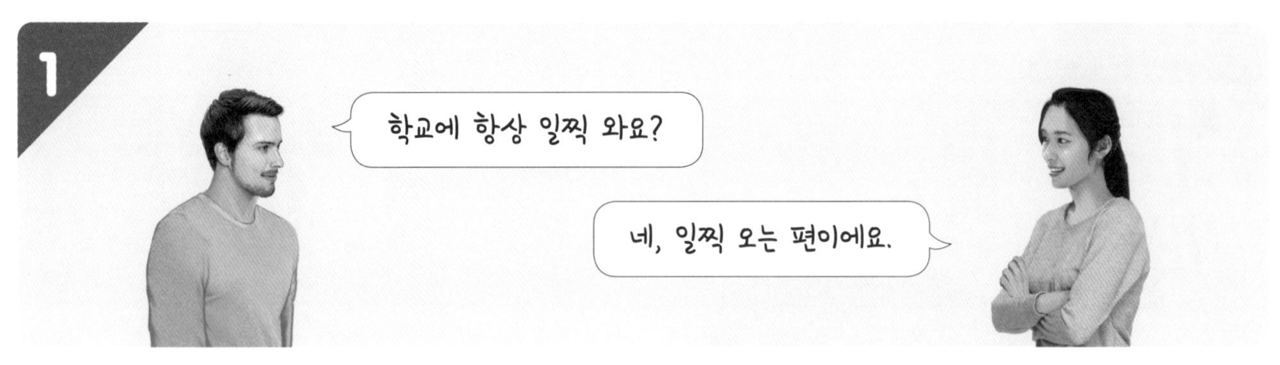

1) 가 영지 씨는 말이 별로 없는 것 같아요.
   나 네, 제가 좀 조용한 편이에요.

2) 가 와, 너 5과 새 단어를 벌써 예습하고 있어?
   나 응. 내가 열심히 하는 편이거든.

   예습: preparation 預習 ↔ 복습 review 複習

3) 가 이번에도 말하기 시험을 잘 못 봤어.
   나 그래? 나는 말하기는 괜찮은데 쓰기를 잘 못 본 편이야.

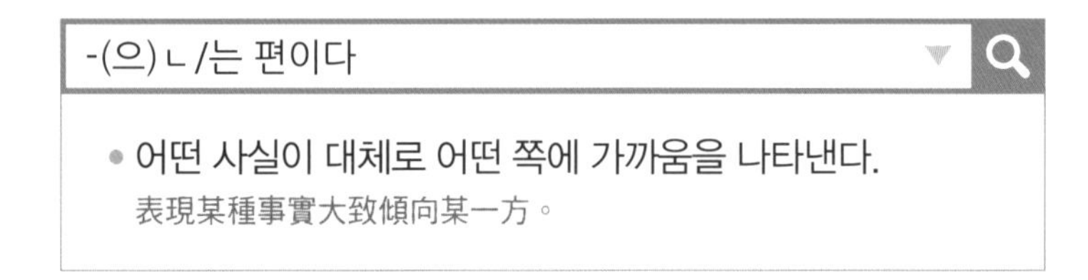

-(으)ㄴ/는 편이다

- 어떤 사실이 대체로 어떤 쪽에 가까움을 나타낸다.
  表現某種事實大致傾向某一方。

1 다음과 같이 이야기해 봐요.

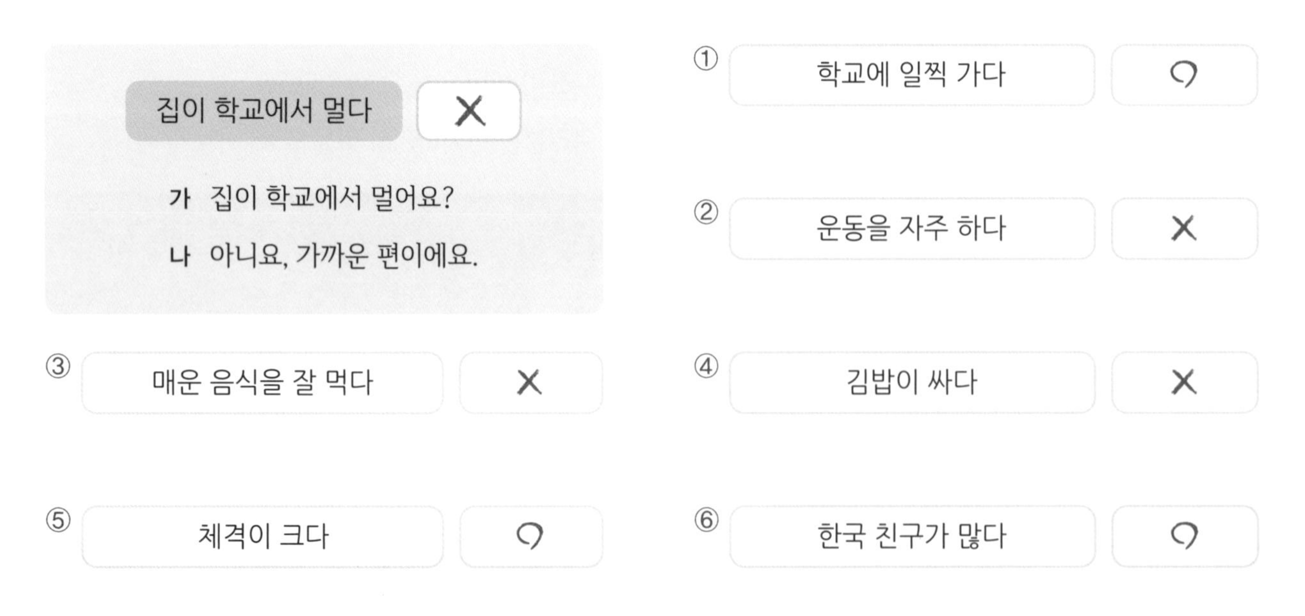

보기	집이 학교에서 멀다	X
①	학교에 일찍 가다	O
②	운동을 자주 하다	X
③	매운 음식을 잘 먹다	X
④	김밥이 싸다	X
⑤	체격이 크다	O
⑥	한국 친구가 많다	O

가 집이 학교에서 멀어요?
나 아니요, 가까운 편이에요.

2 다음에 대해 친구들하고 이야기해 봐요.

한국어	키	돈	게임

2

나쓰미 씨는 계획적인 편이에요?

네, 좀 그런 편이에요.

성격과 성향

부지런하다 게으르다

꼼꼼하다 덤벙대다

느긋하다 급하다

긍정적이다 부정적이다

적극적이다

소극적이다

계획적이다 충동적이다

다른 사람의 말에 신경을 쓰다　　결정을 잘 못 하다　　걱정이 많다

*할 일*을 미루다　　제때 하다　　미리 하다

1) 가 너 성격 급하지?
   나 어떻게 알았어? 나 진짜 성격 급한데.

2) 가 이번 신입 회원들은 좀 소극적인 것 같아요.
   나 네. 적극적으로 참여하는 사람이 별로 없어요.

3) 가 어느 학교에 지원할 거예요? (지원하다 apply 報考、申請)
   나 아직 못 정했어요. 제가 결정을 잘 못 하는 편이거든요.

4) 가 자신의 장점에 대해 이야기해 주십시오. (strength 優點)
   나 부지런하고 성실한 것이 저의 가장 큰 장점입니다. (성실하다 diligent 老實、誠實)

1 **다음과 같이 이야기해 봐요.**

> **가** 제니 씨는 일할 때 어때요?
> **나** 꼼꼼해서 실수가 없는 편이에요.

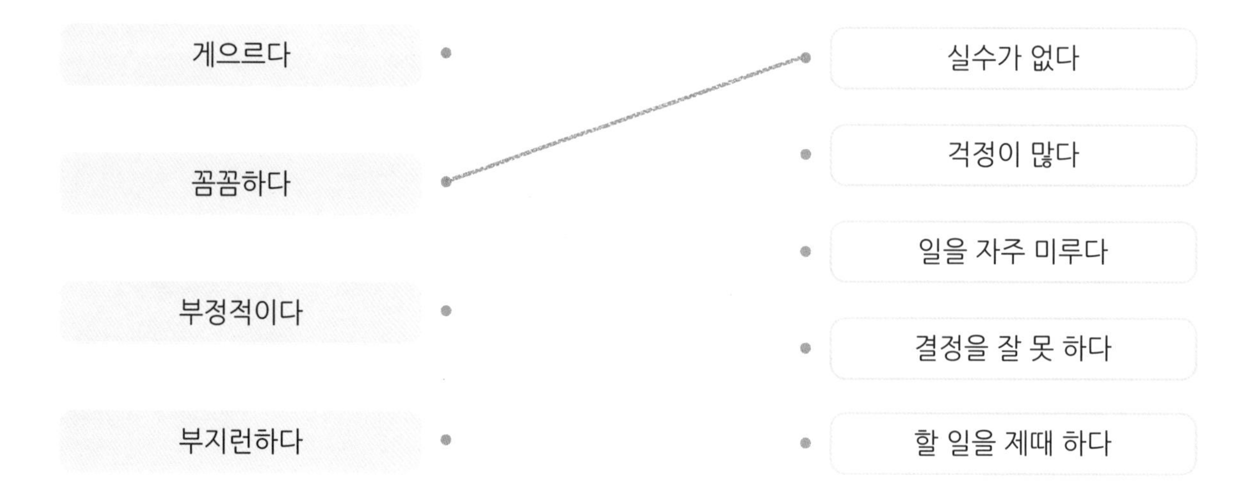

2 여러분은 어떤 사람이에요? 가까운 쪽에 ✔표를 하고 친구하고 이야기해 봐요.

할 일을 미리 하다						할 일을 미루다
다른 사람의 말을 신경 쓰다						다른 사람의 말을 신경 쓰지 않다
일을 꼼꼼하게 하고 싶어 하다						실수를 별로 신경 쓰지 않다
계획적으로 일을 하다						충동적으로 일을 하다
친구를 사귈 때 소극적이다						친구를 사귈 때 적극적이다
모든 일을 긍정적으로 생각하다						모든 일을 부정적으로 생각하다

3

오늘은 여기까지 하고 가자.

그래, 그러자. 너도 좀 쉬어.

1) 가 이거 오늘까지 제출해야 되는데 다 못 하면 어떡하지?
   나 걱정할 시간에 하면 되지. 너무 부정적으로 생각하지 마.

2) 가 찌개를 끓여 봤는데 좀 싱거운 거 같아. 너도 먹어 봐.
   나 그러네. 소금 조금만 더 넣으면 될 것 같아.
   넣다 put(in/into) 放入

3) 가 너 시험공부 다했어? 혼자 공부하기 싫은데 같이 하자.
   나 그래. 그럼 커피 마시면서 같이 하자.

- '-기(가) 싫다'는 동사 뒤에 붙어 그 행동을 하는 것이 싫다는 의미예요. '싫다' 대신 '좋다/나쁘다', '쉽다/어렵다/힘들다', '편하다/불편하다' 등 여러 형용사를 쓸 수 있어요.

  「-기(가) 싫다」加在動詞之後，表現討厭、不想去做該行為。也可以使用「좋다/나쁘다」、「쉽다/어렵다/힘들다」、「편하다/불편하다」等其他形容詞代替「싫다」。

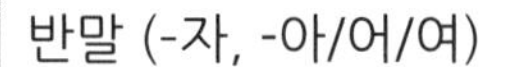

반말 (-자, -아/어/여)

- '-자'는 청유형 반말 어미이다.
  「-자」是共動型非敬語語尾。
- '-아/어/여'는 명령형 반말 어미이다.
  「-아/어/여」是命令型非敬語語尾。

1 다음 대화를 반말로 바꿔서 이야기해 봐요.

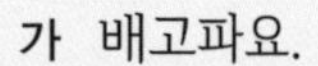

가 배고파요. **나** 같이 밥 먹으러 가요.	➡	**가** 배고파. **나** 같이 밥 먹으러 가자.
가 배고파요. **나** 빨리 밥 먹으러 가세요.	➡	**가** 배고파. **나** 빨리 밥 먹으러 가.

① 가 운동을 좀 하고 싶어요.
나 그럼 집 근처 공원에서 같이 걸어요.

② 가 시험이 언제예요?
나 선생님한테 물어보세요.

③ 가 몸이 안 좋아서 학교에 못 갈 것 같아요.
나 그래요? 많이 아프면 약을 꼭 드세요.

④ 가 우리 내일 1시에 만나요.
나 늦지 마세요.

⑤ 가 우리 30분만 쉬고 합시다.
나 그냥 다하고 일찍 끝냅시다.

⑥ 가 더 이상 이런 이야기는 하지 맙시다.
나 그래요. 그럽시다.

2 친구하고 같이 하고 싶은 게 있어요? 반말로 약속을 해 봐요.

3 다음과 같이 상황에 맞게 바꿔서 이야기해 봐요.

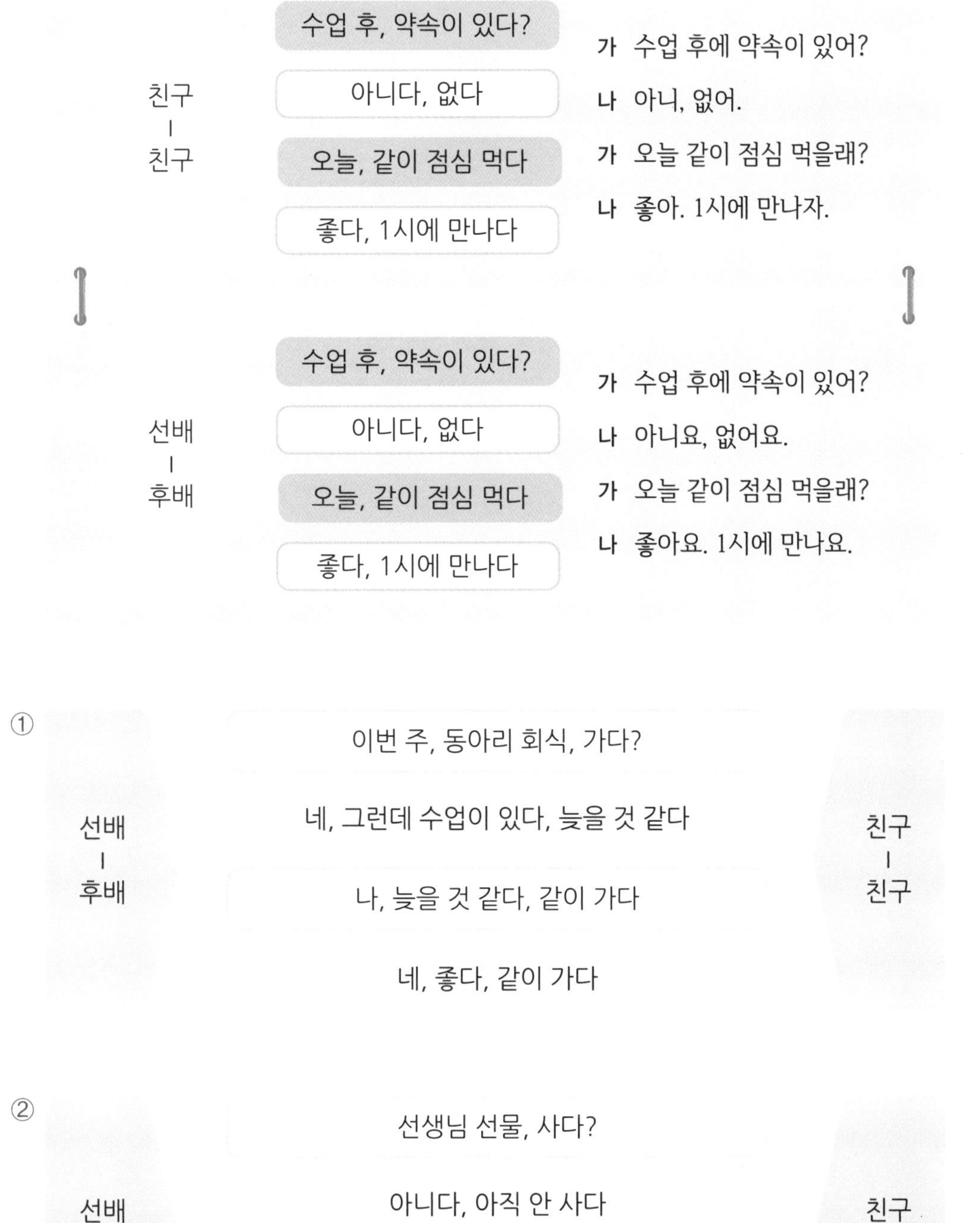

②

선배 ㅣ 후배

선생님 선물, 사다?

아니다, 아직 안 사다

그럼, 나, 같이 사다

좋다, 카드, 너, 쓰다

친구 ㅣ 친구

걱정/고민

성적이 나쁘다 / 한국어 실력이 안 늘다 / 한국 생활에 적응을 잘 못 하다

사람들하고 잘 지내지 못하다 / 내 꿈을 부모님이 반대하다

조언

잘될 것이다 / 시간이 지나면 좋아질 것이다 / 노력하면 잘할 수 있을 것이다

자신감을 가지다 / 실수를 두려워하지 않다/말다 / 솔직하게 이야기하다

네 마음대로 하다/네가 하고 싶은 대로 하다

1 다음에 대해 친구하고 이야기해 봐요.

시험에 떨어지다	숙제를 제때 못 내다
표를 못 구하다	룸메이트와 자주 싸우다

5

면접을 잘 보려면 어떻게 해야 돼요?

웨이 씨의 장점을 적극적으로 말하세요.

1) 가 말하기 실력이 늘지 않아서 고민이에요.
   나 말하기를 잘하려면 실수를 두려워하지 말고 적극적으로 이야기해 보세요.
   그리고 모르는 게 있으면 언제든지 저한테 물어보세요.

> • '의문사 + 든지'는 모든 상황이나 경우를 나타내요.
> 「의문사 + 든지」表現所有的狀況或情形。
> 뭐든지 좋아요. 어디든지 괜찮아요.

2) 가 요즘 건강이 나빠진 것 같아.
   나 건강해지려면 몸에 좋은 음식을 먹는 게 중요해. 야채하고 과일을 좀 먹어.
   중요하다 important 重要的

3) 가 여기에 홍대에 가는 버스가 있어요?
   나 네. 버스도 있는데 빨리 가려면 지하철을 타세요.

> -(으)려면
>
> • '어떤 의도나 의향을 실현하기 위해서는'을 나타낸다.
> 表現為了實現某種意圖或想法。

1 다음과 같이 이야기해 봐요.

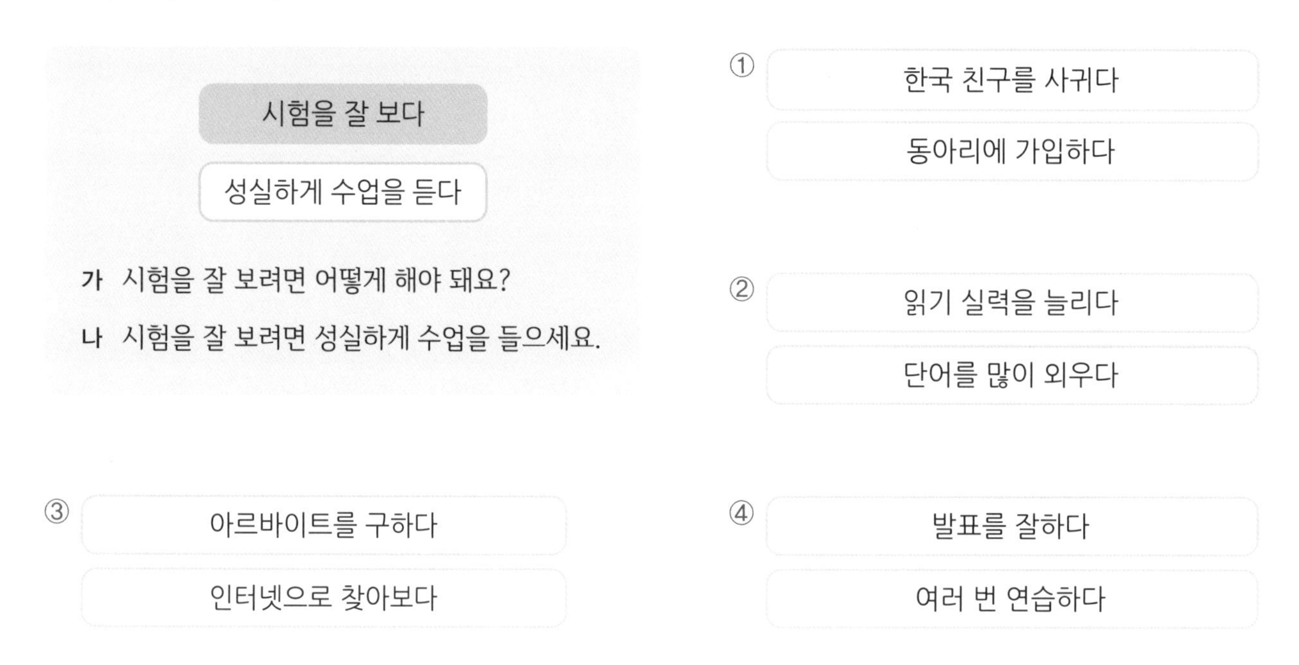

2 걱정이나 고민이 있어요? 친구한테 조언을 듣고 싶은 것이 있어요? 다음에 대해 친구하고 이야기해 봐요.

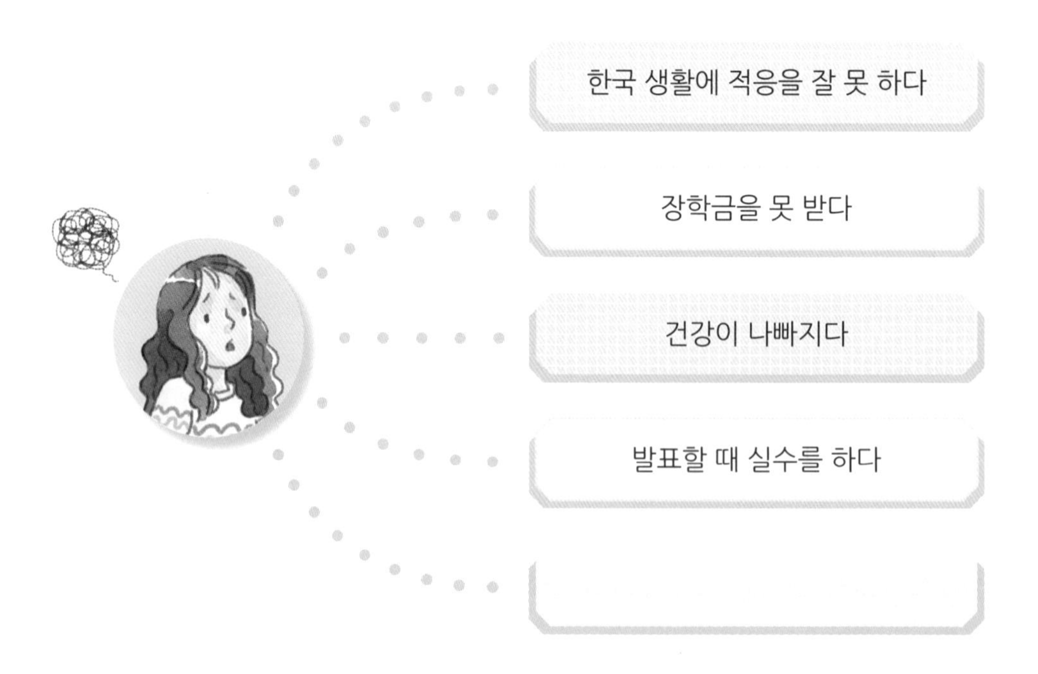

한 번 더 연습해요

1 다음 대화를 들어 보세요. 

1) 바트 씨는 성향이 어때요?

2) 지아 씨는 성향이 어때요?

2 다음 대화를 연습해 보세요.

바트 씨는 결정을 할 때 어때요?

저는 좀 충동적인 편이라서 결정을 빨리 해요.

아, 그래요? 몰랐어요.

지아 씨는 어때요?

저는 걱정이 많은 편이라서 결정을 쉽게 못 해요.

3 여러분도 이야기해 보세요.

1)

가 시험을 보다 / 덤벙대다, 실수가 많다

나 느긋하다, 시간이 부족하다

2)

가 일을 하다 / 너무 꼼꼼하다, 시간이 많이 걸리다

나 게으르다, 일을 계속 미루다

3)

가 새로운 일을 시작하다 / 부정적이다, 걱정이 많다

나 긍정적이다, 좋은 일만 생각하다

1 다음은 두 사람의 대화입니다. 잘 듣고 질문에 답해 보세요. 

1) 여자의 성격으로 맞는 것을 모두 고르세요.

① 급하다　② 꼼꼼하다　③ 느긋하다

④ 덤벙대다　⑤ 충동적이다

2) 들은 내용과 같은 것을 고르세요.

① 여자는 아직 숙제를 제출하지 않았습니다.

② 여자는 자기의 성격을 바꾸고 싶어 합니다.

③ 남자가 숙제하는 것을 여자가 도와주었습니다.

1 다음은 자신의 성향과 한국 생활에 대해 쓴 글입니다. 잘 읽고 질문에 답해 보세요.

한국에 온 지 4개월이 되었습니다. 한국은 우리나라와 언어와 문화가 많이 달라서 주위 사람들이 걱정을 많이 했습니다. 특히 부모님께서는 제가 한국에 가서 한국어를 배우는 것을 반대하셨습니다. 왜냐하면(because 因為) 저는 어렸을 때부터 이것저것에 관심이 많아서 한 가지 일을 끝까지 하지 못했고, 실수를 해도 별로 신경을 쓰지 않아서 공부도 잘하지 못했기 때문입니다. 부모님이 반대하셨지만 저는 한국에 왔습니다. 한국에 온 후에 저는 매일 여기저기를 구경하러 다니고 다양한 외국인, 한국인 친구를 사귀었습니다. 그리고 실수를 두려워하지 않는 성격 덕분에 한국어도 쉽게 잘하게 되었습니다. 지난 학기에는 학교에서 장학금도 받았습니다. 부모님께서는 걱정하셨지만 제 성향이 한국어 공부하는 것에는 잘 맞는 것 같습니다.

1) 이 사람은 어떤 사람이에요? 고르세요.

① 계획적이고 걱정이 많은 사람입니다.

② 실수를 두려워하지 않는 사람입니다.

③ 다른 사람의 말에 신경을 쓰는 사람입니다.

2) 읽은 내용과 같으면 ○, 다르면 ×에 표시하세요.

① 이 사람의 성향은 한국 생활에 도움이 됩니다. ○ ×

② 이 사람은 부모님의 추천으로 한국에 유학을 왔습니다. ○ ×

말해요

1 여러분의 성향에 대해 이야기해 보세요.

1) 여러분은 이럴 때 어때요?

공부할 때	일할 때
친구를 사귈 때	

2) 자기의 성향 중 마음에 드는 부분이 뭐예요?

3) 자기의 성향 때문에 힘든 일 또는 고민이 있어요?

4) 이런 고민을 해결할 수 있는 방법은 무엇일까요? 친구하고 이야기하세요.

써요

1 나의 성향에 대한 글을 써 보세요.

1) 이럴 때 여러분의 성향은 어때요?

공부할 때	일할 때	친구를 사귈 때	

2) 여러분의 그런 성향 때문에 힘든 일이나 고민되는 것이 있어요?

3) 그것을 어떻게 바꾸고 싶어요?

4) 생각한 내용을 바탕으로 글을 쓰세요.

발음 ㅢ

- 밑줄 친 부분의 발음에 주의하면서 다음을 들어 보십시오. 

가 의사 선생님 지금 안에 계세요?

나 지금 회의 중이세요.

가 그럼 이것 좀 선생님께 전해 주시겠어요?

감사의 마음을 담은 선물이에요.

- 'ㅢ'는 [ㅢ]로 발음해요. 의사[의사]
- 첫소리에 자음이 있으면 [ㅣ]로 발음해요. 희망[히망]
- 첫음절 이외의 '의'는 [ㅢ/ㅣ]로 발음해요. 주의[주의/주이]
- 조사 '의'는 [ㅢ/ㅔ]로 발음해요. 우리의[우리의/우리에]

- 다음을 읽어 보십시오.

1) 주말에 두엔의 집에서 놀기로 했어요.

2) 그 강의에 저희들도 참석해도 됩니까?

3) 저기 줄무늬 옷을 입은 사람이 국회의원이에요.

4) 어린이의 꿈과 희망을 이뤄 주는 사람이 되고 싶어요.

- 들으면서 확인해 보십시오. 

자기 평가

이번 과 공부는 어땠어요? 별점을 매겨 보세요!

성향에 대해 말할 수 있어요?	☆ ☆ ☆ ☆ ☆

5

여행 계획

생각해 봐요 

1. 두 사람은 지금 무엇을 하고 있어요?
2. 여러분은 여행을 가기 전에 무엇을 알아보고 무엇을 준비해요?

학습 목표 學習目標

여행 계획에 대해 이야기할 수 있다.
能針對旅行計畫進行談論。

- 여행 종류, 여행 준비, 여행지의 특징
- 이나, -거나, -기로 하다, -아도
- 여행지의 특징에 대해 이야기하기

배워요

● 다음 그림을 보고 알맞은 지명을 쓰세요.

강릉 춘천 서울 전주 보령 경주 부산 제주도

1 여행 종류

가족 여행 신혼여행 수학여행 졸업 여행 엠티(MT)

1 다음과 같이 이야기해 봐요.

가족 여행	가 가족 여행을 가려고 하는데 어디가 좋을까요?
제주도	나 제주도에 한번 가 보세요. 아주 좋아요.

① 수학여행 경주

② 신혼여행 하와이

③ 졸업 여행 보령

④ 국내 여행 강릉

⑤ 엠티 춘천

⑥ 해외여행 베트남 하노이

2

숙소는 정했어?

아니, 아직. 지금 알아보고 있어.

여행 준비

일정 세우다

잡다

당일치기, 1박 2일

호텔 飯店

게스트하우스 青年旅館

숙소 알아보다/찾아보다

정하다

예약하다

교통편 — 알아보다/찾아보다, 정하다, 예약하다

항공권 기차표 입장권 — 예매하다, 끊다

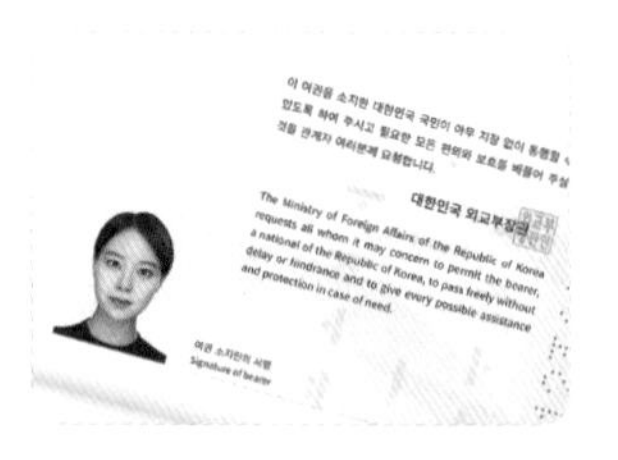

여권 비자 — 신청하다, 발급 받다

환전하다

여행자 보험을 들다

1) 가 우리 숙소는 어디로 정할까?
   나 게스트하우스에서 자는 게 어때? 내가 검색해 볼게.

   검색하다 search 搜尋、檢索

2) 가 부산으로 여행 가는 거 일정은 세웠어?
   나 1박 2일은 너무 짧은 것 같고 3박 4일 정도가 어때?

3) 가 어떡하지? 기차표 예매하는 걸 깜박했어.
   나 괜찮아. 버스도 있잖아. 그냥 버스 타고 가자.

- '-잖아요'는 상대가 알고 있을 것이라고 생각한 사실을 모르고 있을 때 사용해요.
  「-잖아요」用於以為對方知道，而對方卻不知道該事實時。

  가 왜 떡볶이를 좋아해요? 나 맛있잖아요.

1 다음과 같이 이야기해 봐요.

가 우리 뭐부터 준비할까?

나 우선 숙소부터 알아보자.

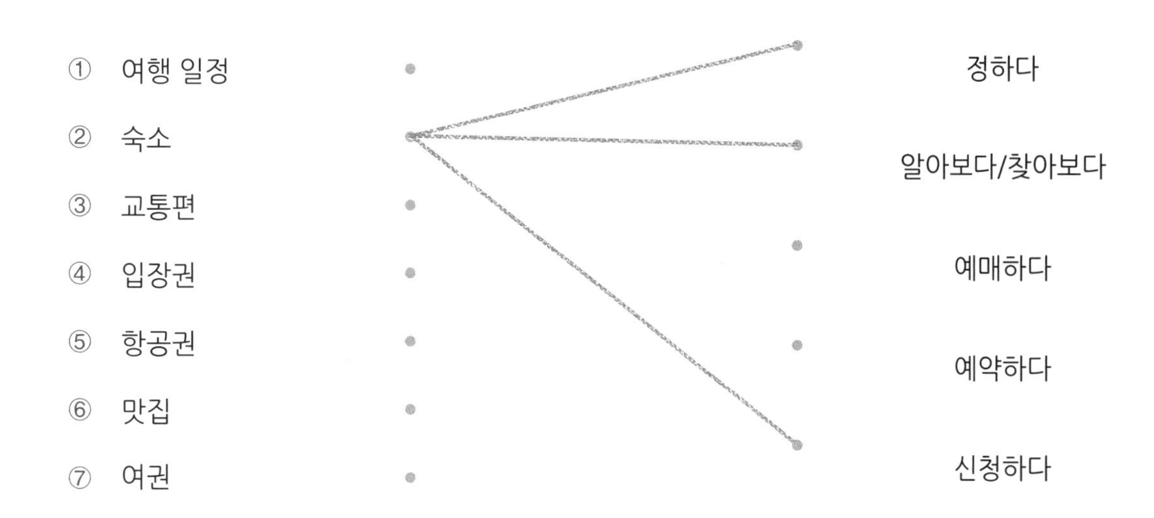

2 여러분은 한국에 올 때 어떤 준비를 했어요? 친구하고 이야기해 봐요.

여권 | 비자 | 환전 | 교통편 |

3

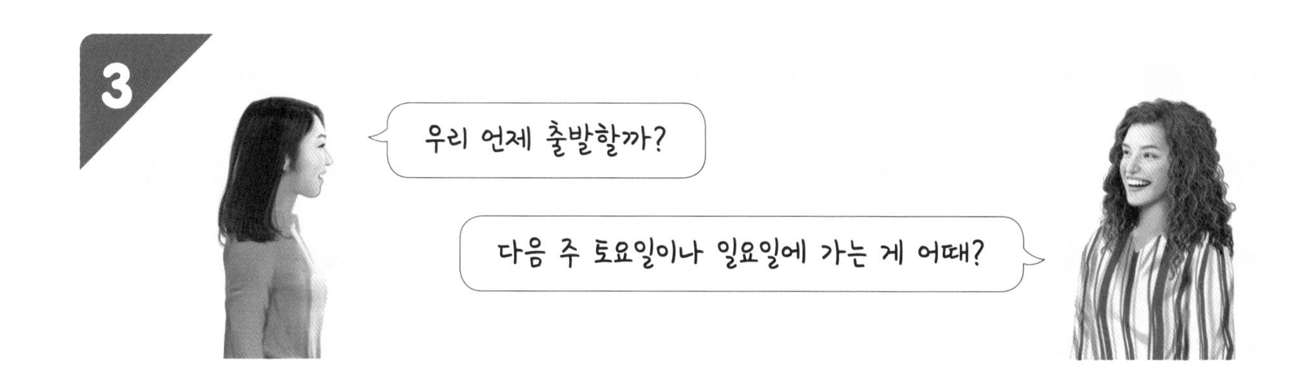

1) 가 우리 거기에서 뭐 먹을까?
나 생선회나 해물탕을 먹자. 부산은 해산물이 유명하거든.

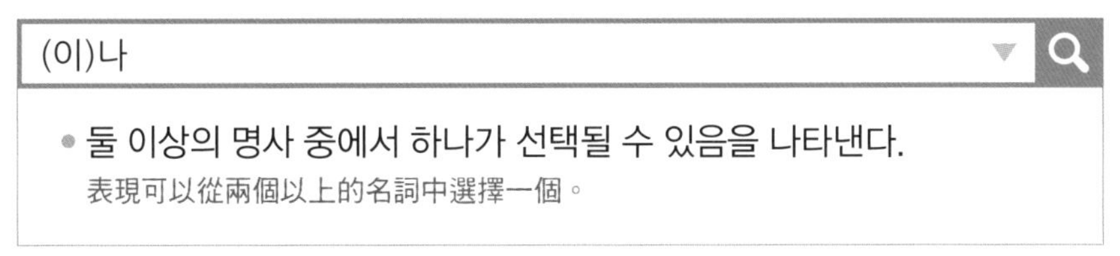
(이)나

- 둘 이상의 명사 중에서 하나가 선택될 수 있음을 나타낸다.
表現可以從兩個以上的名詞中選擇一個。

2) 가 셋째 날은 숙소에서 쉬거나 자유 시간을 갖는 게 어때?
나 그래, 좋아.

3) 가 바트 씨는 한국에 온 지 얼마 안 됐는데 힘들지 않아요?
나 평소에는 괜찮은데 힘들거나 아플 때는 고향 생각이 나요.

-거나

- 둘 이상의 동작이나 상태 중에서 하나가 선택될 수 있음을 나타낸다.
表現可以從兩個以上的動作或狀態中選擇一個。

1 다음과 같이 이야기해 봐요.

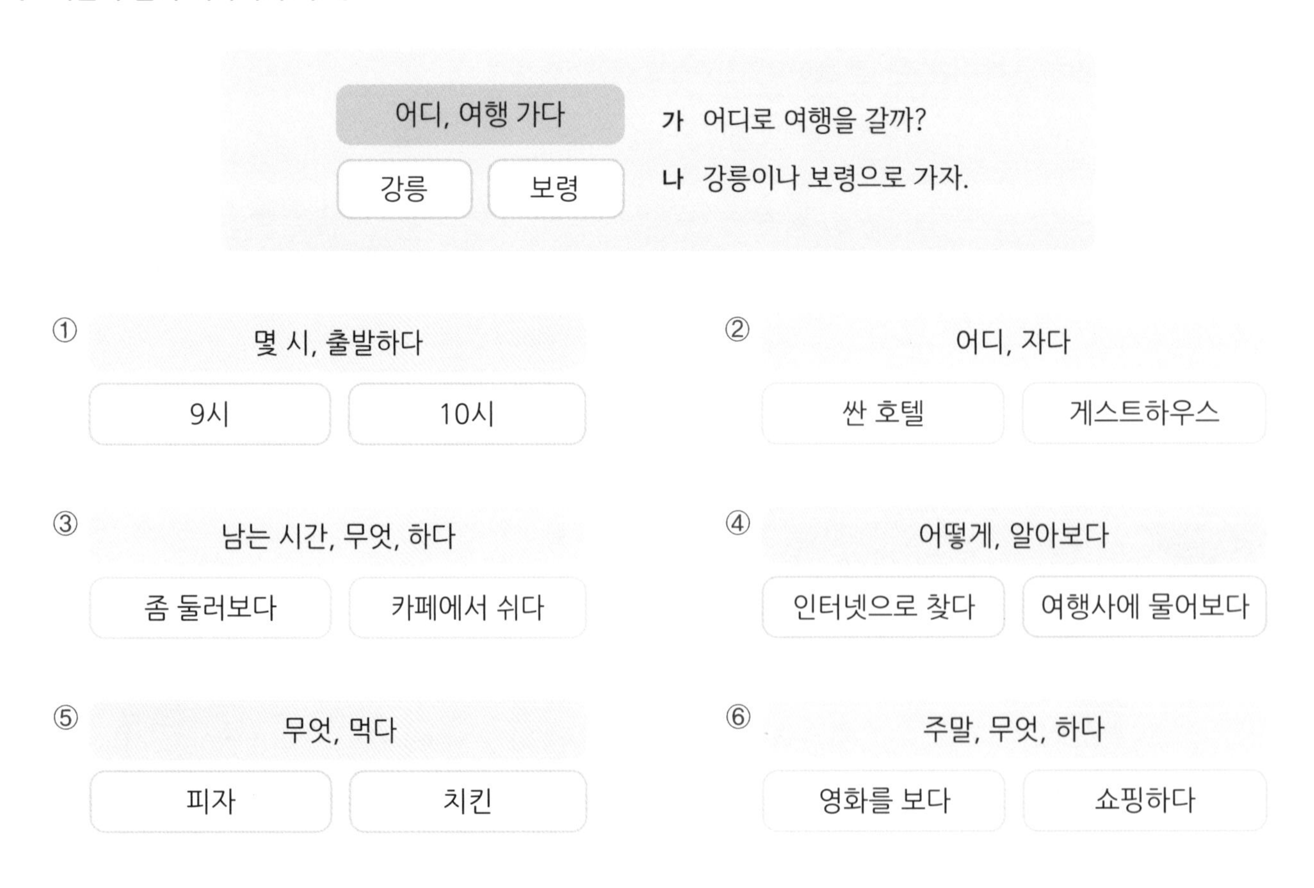

4

신혼여행은 어디로 가기로 했어요?

가까운 나라로 가기로 했어요.

1) 가 이번 휴가 일정은 정했어?
   나 이번에는 휴가가 짧아서 취소하고 다음에 가기로 했어.
   → 취소하다 cancel 取消

2) 가 많이 기다렸지? 미안해.
   나 또 늦으면 어떡해? 오늘부터 일찍 오기로 했잖아.

3) 가 오늘 수업 끝나고 친구들하고 같이 노래방 가기로 했는데 같이 갈래?
   나 아니, 안 갈래. 나 오늘부터 시험 볼 때까지 놀지 않고 열심히 공부하기로 했어.

-기로 하다

- 어떤 일을 할 것을 결심하거나 다른 사람과 약속했음을 나타낸다.
  表現決心做某事或已與他人約定。

1 **다음과 같이 이야기해 봐요.**

어디, 여행 가다	춘천

가 어디로 여행 가기로 했어요?
나 춘천으로 가기로 했어요.

①	언제, 출발하다	다음 주 토요일
②	누구, 가다	중학교 때 친구
③	어디, 구경하다	야시장과 사원
④	무엇, 먹다	닭갈비
⑤	어디, 자다	게스트하우스
⑥	입장권, 어떻게, 받다	이메일

2 여러분은 언제, 누구하고 여행을 할 거예요? 어떤 계획이 있어요?

5

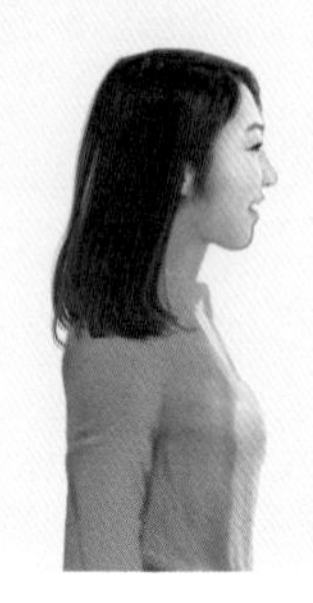

성수기 peak season 旺季
↔ 비수기 off season 淡季

1) 가 제주도는 요즘 성수기라서 사람이 많을 것 같은데 괜찮을까?
나 사람이 많아도 이번에는 꼭 가고 싶은데.

다 차다 fully booked （全）滿

2) 가 이 호텔은 벌써 예약이 다 찼네.
나 그럼 좀 멀어도 처음에 알아본 호텔로 예약하자.

3) 가 나 요즘 너무 바빠서 밥 먹을 시간도 없어.
나 아무리 바빠도 밥은 먹어야 돼.

4) 가 우리 이거 예약할 때 비밀번호를 뭘로 했지? 아무리 생각해도 기억이 안 나.
나 내 생일로 했잖아.

password 密碼

-아도/어도/여도 

- 앞의 내용이 그렇다고 생각하거나 그렇게 될 것이라고 생각하지만 그것이 뒤의 내용에는 영향을 주지 않음을 나타낸다.
  表現認為前面的內容是那樣、或將變成那樣，但並不影響後面的內容。

1 다음과 같이 이야기해 봐요.

2 다음과 같이 문장을 만들고 이야기해 봐요.

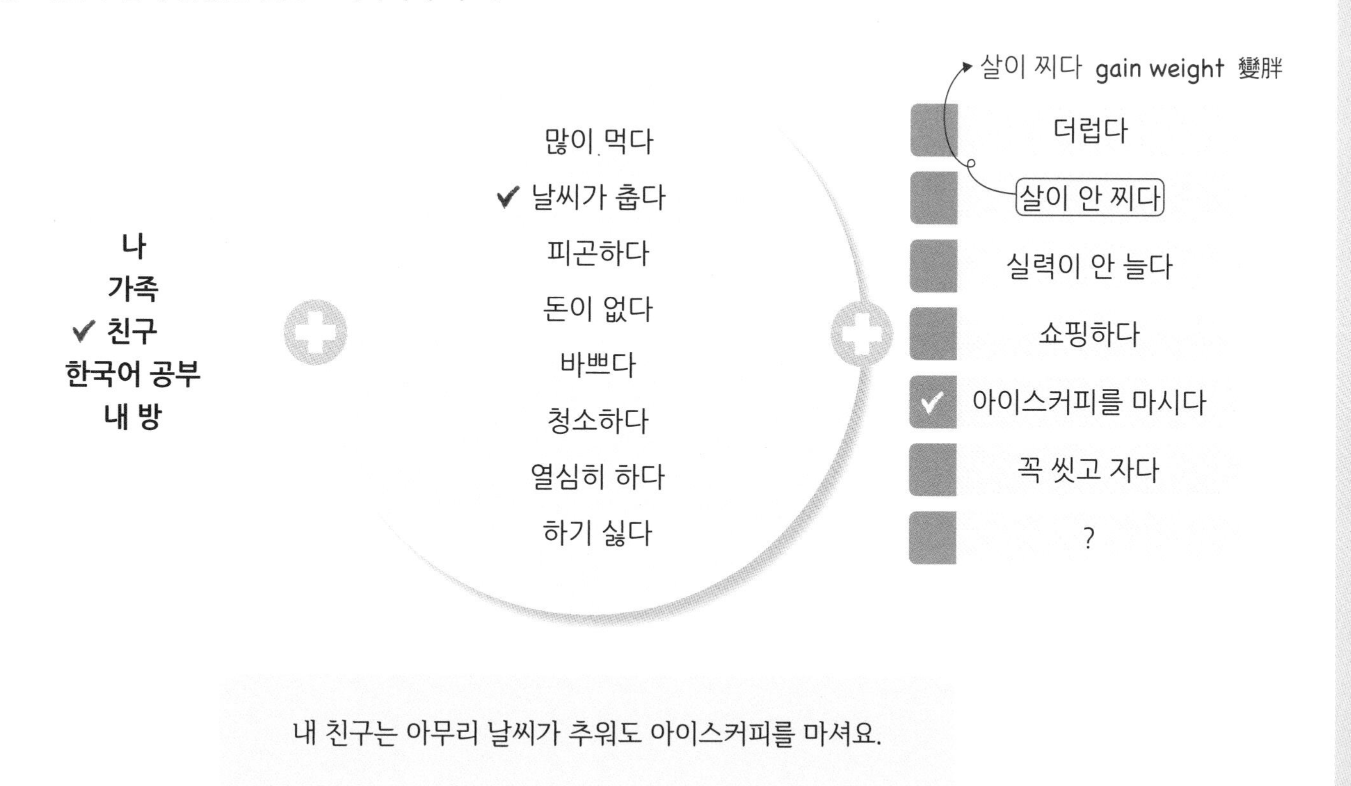

내 친구는 아무리 날씨가 추워도 아이스커피를 마셔요.

3 여러분은 아무리 힘들어도 하는 일이 있어요? 친구하고 다음에 대해서 이야기해 봐요.

아무리 돈이 없어도 사고 싶은 것

아무리 바빠도 꼭 하는 일

아무리 하기 싫어도 꼭 해야 하는 일

아무리 하고 싶어도 하면 안 되는 일

여행지의 특징

볼거리가 많다 / 먹을거리가 많다 / 즐길 거리가 많다

축제가 있다 / 맛집이 많다 / 전통문화를 체험할 수 있다

1 다음에 대해 이야기해 봐요.

① 춘천 닭갈비가 유명하다

② 경주 가을에 경치가 가장 아름답다

③ 부산 볼거리가 많다

④ 보령 다음 주부터 축제가 있다

⑤ 전주 한옥 체험을 할 수 있다

⑥ 강릉 즐길 거리가 많다

한 번 더 연습해요

1 **다음 대화를 들어 보세요.** 

1) 두 사람은 어디로 여행을 가기로 했어요?

2) 두 사람은 무엇을 준비할 거예요?

2 **다음 대화를 연습해 보세요.**

우리 어디로 여행 가면 좋을까?

경주 어때? 경치가 아름다워서 좋을 것 같은데.

그런데 경주는 여기에서 먼데 괜찮을까?

멀어도 가자.

그래. 그럼 경주에 가는 기차표부터 끊자.

3 **여러분도 이야기해 보세요.**

1)

가 유명한 맛집은 비싸다 / 맛집부터 찾아보다

나 전주, 먹을거리가 많다

2)

가 사람들이 많아서 복잡하다 / 일정부터 정하다

나 제주도, 즐길 거리가 많다

3)

가 겨울에 가면 춥다 / 숙소부터 예약하다

나 강릉, 산이랑 바다를 모두 구경할 수 있다

이제 해 봐요

들어요

1 다음은 두 사람의 대화입니다. 잘 듣고 질문에 답해 보세요. 

1) 들은 내용과 같으면 ○, 다르면 ✕에 표시하세요.

① 두 사람은 해외로 여행을 가려고 항공권을 예매했습니다. ○ ✕

② 남자는 편하게 여행을 갈 수 있는 패키지여행을 좋아합니다. ○ ✕

2) 대화 이후 여자가 먼저 알아봐야 할 것이 무엇인지 고르세요.

① 맛집 ② 숙소 ③ 여행지 ④ 교통편

읽어요

1 다음은 여행 계획에 대해 쓴 글입니다. 잘 읽고 질문에 답해 보세요.

신기하다 wonderful 神奇的

얼마 전 인터넷에서 아주 신기한 사진을 봤어요. 여자가 남자한테 꽃을 주는 사진이었는데 두 사람이 바다 위에 있는 것 같았어요. 두 사람 뒤에는 파란 하늘과 바다만 보여서 더욱 아름다웠어요. 사진을 보고 저도 거기에 가기로 결심했어요. 인터넷을 열심히 검색해서 드디어 그곳을 찾았어요. 바로 강릉 근처의 바닷가였어요. 그런데 그곳에 가려면 기차하고 버스를 여러 번 갈아타야 되고, 인터넷에서 본 사진처럼 하늘과 바다가 잘 나오게 사진을 찍으려면 오전에 도착해야 돼요. 그래서 저는 하루 일찍 출발하기로 했어요. 제일 먼저 호텔부터 예약하고 기차표와 버스표도 샀어요. 이제 제 사진을 멋지게 찍어 줄 여행 친구만 찾으면 돼요.

1) 이 사람은 어디로 여행을 가려고 해요?

2) 이 사람이 한 일은 ◯, 아직 하지 않은 일은 ✕에 표시하세요.

① 친구하고 여행을 가기로 약속했습니다. ◯ ✕

② 인터넷에서 여행 갈 장소를 알아봤습니다. ◯ ✕

③ 여행지에서 잠을 잘 숙소를 정했습니다. ◯ ✕

말해요

1 친구와 함께 한국 여행을 갈 거예요. 여행 계획을 세워 보세요.

1) 여행을 가려면 무엇, 무엇을 준비해야 할까요? 생각해 보세요.

2) 여러분은 어디로 여행을 갈 거예요? 무엇을 타고 갈 거예요? 그곳에는 뭐가 유명해요? 친구하고 인터넷이나 책으로 정보를 찾아보세요.

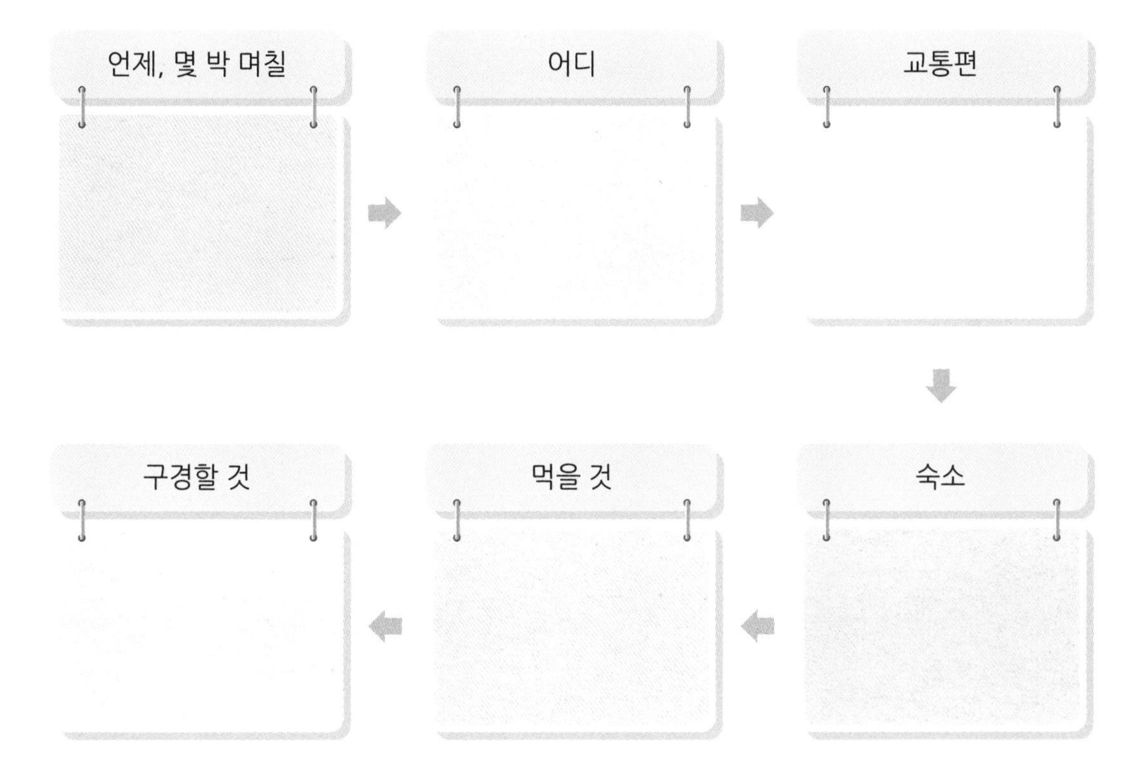

3) 여러분이 세운 여행 계획을 다른 친구들한테 이야기하세요.

써요

1 여러분의 여행 계획을 써 보세요.

1) 말하기에서 이야기한 내용을 바탕으로 글을 쓸 거예요. 어떤 순서로 쓸 거예요? 생각해 보세요.

여행 계획

2) 생각한 내용을 바탕으로 글을 쓰세요.

문화 서울 근교 관광 5선

- 한국을 방문하는 외국인들은 어떤 곳을 찾아갈까요? 다음은 서울 근교의 인기 있는 관광지입니다.

- 여러분은 어디를 가 봤습니까? 이곳 외에 더 소개하고 싶은 곳이 있습니까?

자기 평가

이번 과 공부는 어땠어요? 별점을 매겨 보세요!

여행 계획에 대해 이야기할 수 있어요?	☆ ☆ ☆ ☆ ☆

6

생활용품 구입

생각해 봐요 061

1 이 사람은 어떤 제품을 살 거예요?

2 여러분은 물건을 살 때 무엇을 중요하게 생각해요?

학습 목표 學習目標

물건을 산 경험과 선택 이유에 대해 이야기할 수 있다.

能針對購物的經驗與選擇的原因進行談論。

- 생활용품, 제품의 특징
- -을 줄 알다/모르다, -더라고요, -으니까

배워요

1

뭐 찾으시는 거 있으세요?

헤어드라이어를 좀 보려고 하는데요.

냉장고 세탁기 에어컨 선풍기 청소기

전기스탠드 (헤어)드라이어 전자레인지 전기 주전자

이불, 베개 슬리퍼 쓰레기통 옷걸이 빨래 건조대

프라이팬 냄비 접시 그릇 텀블러 숟가락, 젓가락

1 지금 여러분의 집에는 무엇이 있고 무엇이 없어요? 한국에 올 때 가지고 온 물건은 무엇이고 한국에서 산 물건은 무엇이에요?

헤어드라이어 샀어요?

네. 그런데 헤어드라이어가 이렇게 비쌀 줄 몰랐어요.

1) 가 냄비도 사고 프라이팬도 샀는데 아직도 살 게 더 있어요?
나 그러게요. 혼자 살 때 필요한 게 이렇게 많은 줄 몰랐어요.
필요하다 essential 必要的

2) 가 저 꽃가게 문 닫은 줄 알았는데 아니네요.
나 그래요? 잘됐네요. 저기가 꽃 종류가 다양해서 자주 갔거든요.
type 種類

3) 가 책 안 샀어요?
나 네. 제가 사야 되는 줄 몰랐어요. 저는 학교에서 주는 줄 알았어요.

4) 가 빌궁 씨는 한국말을 정말 잘하지요?
나 네. 저는 처음에 빌궁 씨가 한국 사람인 줄 알았어요.

-(으)ㄴ/는/(으)ㄹ 줄 알다/모르다 

- 말하는 사람이 그렇게 생각하거나 그렇게 생각하지 못함을 나타낸다.
  表現話者是那樣想或是沒那樣想。

5) 가 외국어 할 줄 알아요?
나 한국어는 조금 할 줄 아는데 다른 나라 말은 할 줄 몰라요.

-(으)ㄹ 줄 알다/모르다

- 능력이 있거나 없음을 나타낸다.
  表現有能力或沒有能力。

1 다음과 같이 이야기해 봐요.

여러 가지 요리를 할 수 있다

가 새로 산 전자레인지가 어때요?
나 이렇게 여러 가지 요리를 할 수 있을 줄 몰랐어요.

① 
따뜻하다

② 
쉽게 고장나다

③ 
크고 무겁다

④

소리가 크다

⑤

안에 음식이 많이 들어가다

⑥

편하게 쓰다

2 다음과 같이 이야기해 봐요.

노트북, 가볍다

가 노트북이 가벼워요?

나 가벼울 줄 알았는데 무거워요.

① 에어컨, 크다

② 원룸, 세탁기가 있다

③ 이거, 맵다

④ 시험, 합격했다

⑤ 마이클 씨, 왔다

3 한국에 오기 전에 여러분이 생각한 것과 같은 점은 무엇이에요? 여러분이 생각한 것과 다른 점은 무엇이에요?

3

노트북을 사고 싶은데 어떤 게 좋아요?

이게 가볍고 성능이 좋아요.

제품의 특징

성능이 좋다	튼튼하다/오래 쓸 수 있다	세탁이 가능하다
기능이 다양하다	조립하기 쉽다	유행하는 스타일이다
고장이 잘 안 나다	옮기기 쉽다	
에이에스(AS)가 잘되다	배달이 되다	
사용하기/쓰기 편하다	실용적이다	저렴하다
디자인이 예쁘다	가볍다	가지고 다니기 좋다

할인을 하다

배송이 빠르다

1) 가 소파 새로 산 거예요? 색도 좋고 예쁘네요.
   나 그렇죠? 게다가 이거 진짜 실용적이에요. 침대로도 쓸 수 있거든요.

2) 가 이 이불, 집에서 세탁기로 빨아도 되는 거예요?
   나 네. 세탁 가능한데 찬물로 하셔야 돼요.

찬물 → cold water 冷水

3) 가 이 스탠드는 어떠세요? 기능이 다양해서 요즘 인기예요. (인기 → popularity 暢銷、受歡迎)
나 디자인이 별로 마음에 안 드는데. 이거 말고 저걸 좀 보여 주세요.

• '말고'는 명사의 뒤에서 '아니고'의 의미를 나타내요.
「말고」加在名詞之後，表示「아니고」的意思。
가 커피 드릴까요?
나 커피 말고 주스로 주세요.

1 다음과 같이 이야기해 봐요.

가 스탠드를 하나 사려고 하는데요.
나 이게 좋아요. 고장이 잘 안 나거든요.

① 
② 
③ 
④ 

2 다음 물건을 살 때 중요하게 생각하는 것을 이야기해 봐요.

가전제품
생활용품
가구

가 물건을 살 때 중요하게 생각하는 게 뭐예요?
나 가전제품은 에이에스가 잘돼야 돼요.

나쓰미 씨, 노트북 샀어요?

아니요. 아직 못 샀어요.
마음에 드는 게 없더라고요.

1) 가 접시를 왜 이렇게 많이 샀어?
   나 할인을 많이 해서 가격이 아주 저렴하더라고.

2) 가 이 인터넷 쇼핑몰 괜찮아요?
   나 네. 주문하기도 편하고 반품도 잘되더라고요.
   반품 → return, refund 退貨

3) 가 요즘은 텀블러를 잘 안 쓰네요.
   나 네. 처음 살 때는 자주 쓸 줄 알았는데 잘 안 쓰게 되더라고요.

4) 가 맞다. 이번 주 뒤풀이 장소 알아봐야 하는데.
   나 그거 은지가 벌써 알아보고 예약했더라고. 걔가 부지런하잖아.

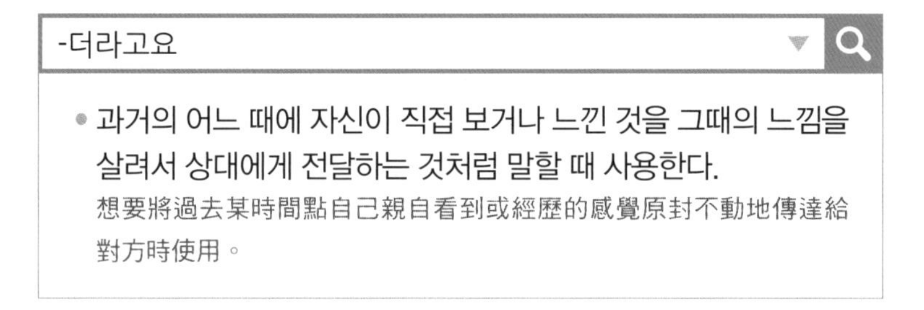

-더라고요

- 과거의 어느 때에 자신이 직접 보거나 느낀 것을 그때의 느낌을 살려서 상대에게 전달하는 것처럼 말할 때 사용한다.
  想要將過去某時間點自己親自看到或經歷的感覺原封不動地傳達給對方時使用。

1 **다음과 같이 이야기해 봐요.**

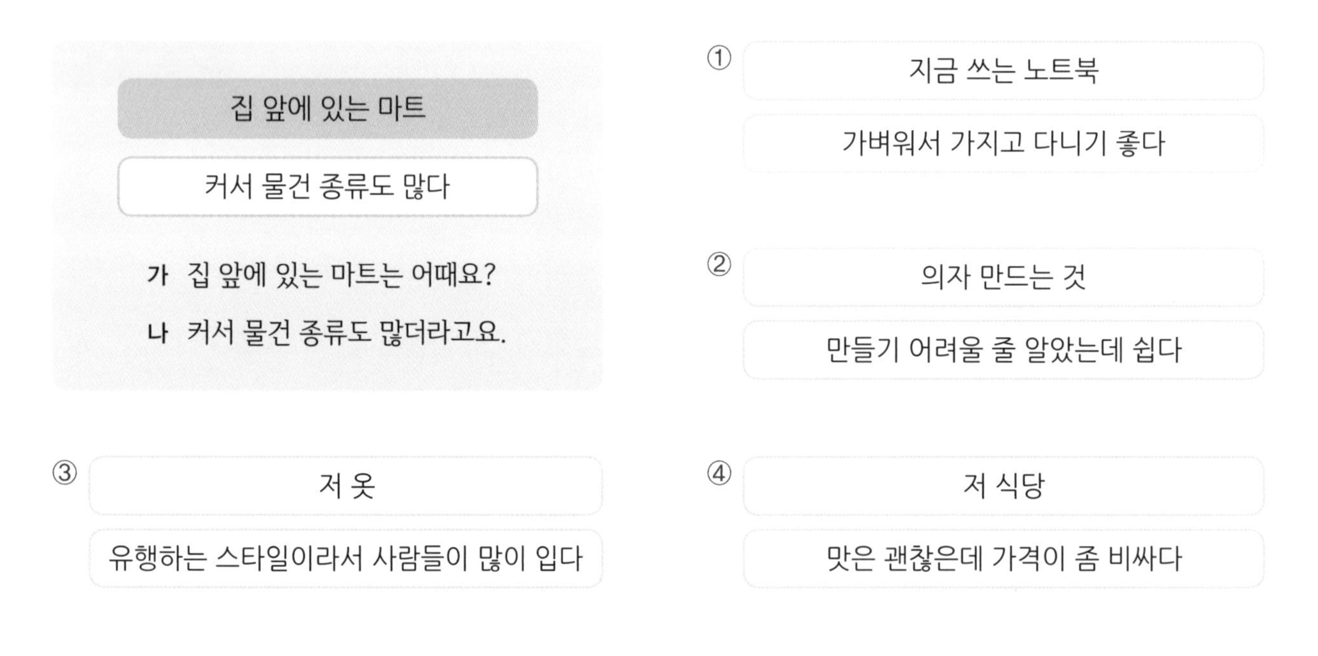

집 앞에 있는 마트

커서 물건 종류도 많다

가 집 앞에 있는 마트는 어때요?

나 커서 물건 종류도 많더라고요.

① 지금 쓰는 노트북 / 가벼워서 가지고 다니기 좋다

② 의자 만드는 것 / 만들기 어려울 줄 알았는데 쉽다

③ 저 옷 / 유행하는 스타일이라서 사람들이 많이 입다

④ 저 식당 / 맛은 괜찮은데 가격이 좀 비싸다

2 **여러분이 직접 봐서 알게 된 것 그리고 느낀 것에 대해 친구하고 이야기해 봐요.**

집 근처 마트의 물건이나 손님

한국 친구, 한국 음식

5

저도 노트북 사야 하는데 어디에서 샀어요?

인터넷에서 샀는데 이번 주까지 할인하니까 한번 알아봐.

1) 가 이 선풍기는 어떠세요?
 나 그건 사용하기 불편할 것 같으니까 다른 걸로 보여 주세요.

2) 가 그걸로 사려고? 하얀색이라서 금방 더러워질 것 같은데.
 나 디자인도 마음에 들고 세탁도 가능하니까 그냥 이걸로 살래.

3) 가 여기는 물건이 별로 없으니까 다른 데로 갈래? (데 → place 地方)
 나 그래. 역 앞에 새로 생긴 마트가 크니까 거기도 한번 가 보자.

4) 가 약속에 늦을 것 같으니까 택시를 타는 게 어때요?
 나 이 시간에는 택시보다는 지하철이 더 빠를 거예요.

> -(으)니까
>
> • 앞의 내용이 뒤의 내용에 대한 이유나 판단의 근거임을 나타낸다.
> 表現前面的內容是後面內容的理由或判斷的根據。

5) 가 인터넷으로 사니까 마트보다 훨씬 더 저렴하네요.
 나 그래요? 그럼 저도 이제부터 인터넷으로 사야겠어요.

> • **'-아야겠다'는 동사 뒤에 붙어 말하는 사람의 결심, 의지를 나타내거나 듣는 사람에게 부드럽게 권유할 때 사용해요.**
> 「-아야겠다」加在動詞之後，表現話者的決心、意志，或對聽者進行溫和地勸說時使用。
>
> 방 안 공기가 안 좋으니까 창문 좀 열어야겠어요.

6) 가 새로 산 휴대폰은 어때요? 신제품이라서 좋지요?
 나 그럴 줄 알았는데 사용해 보니까 생각보다 성능이 안 좋더라고요.

> -(으)니까
>
> • 앞 내용의 결과로 뒤의 사실을 알게 되었음을 나타낸다.
> 表現透過前面內容的結果知道了後面的事實。

1 다음과 같이 이야기해 봐요.

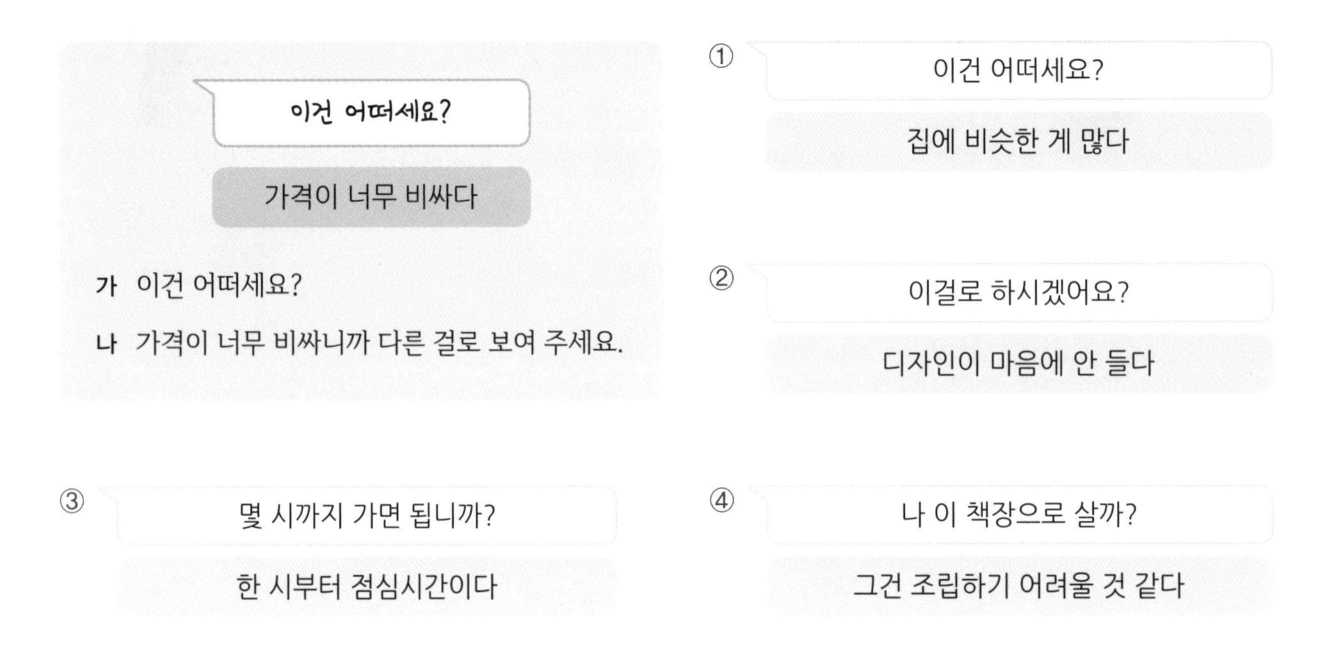

2 다음과 같이 이야기해 봐요.

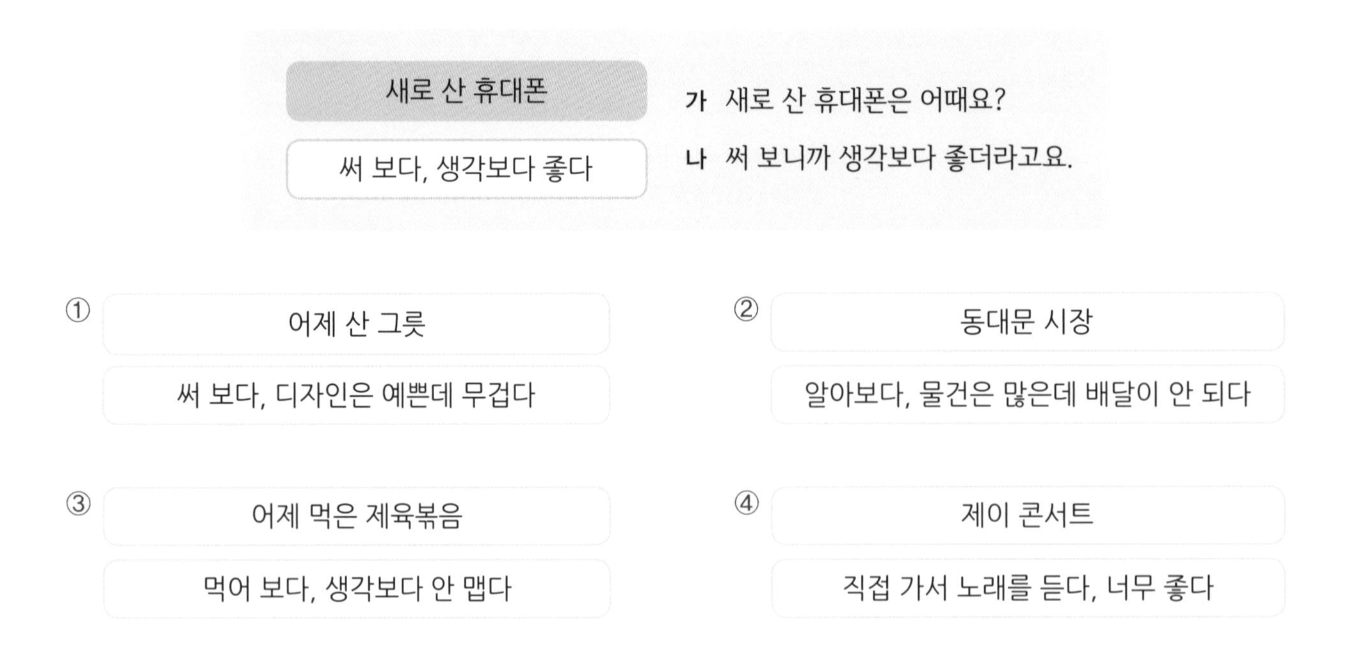

3 여러분은 친구에게 추천하고 싶은 물건이나 마트가 있어요? 왜 추천하고 싶어요? 이야기해 봐요.

한 번 더 연습해요

1 다음 대화를 들어 보세요. 

1) 여기는 어디예요?

2) 남자는 어떤 물건을 사고 싶어 해요?

2 다음 대화를 연습해 보세요.

이 전자레인지는 어떠세요?
기능이 다양해서 요즘 가장 인기가 많아요.

이건 사용하기 불편할 것 같으니까
다른 것도 좀 보여 주시겠어요?

그럼 이건 어떠세요?
실용적이라서 사용하기 편하실 거예요.

이게 마음에 드네요. 이걸로 할게요.

3 여러분도 이야기해 보세요.

1)
가: 이불, 가볍고 따뜻하다 / 작년에 나와서 지금 할인을 많이 하다
나: 가격이 비싼 것 같다 / 이게 마음에 들다

2)
가: 냄비, 가격도 저렴하고 튼튼하다 / 요즘 유행하는 스타일이다
나: 디자인이 별로 마음에 안 들다 / 이게 마음에 들다

3)
가: 빨래 건조대, 튼튼해서 오래 쓸 수 있다 / 가벼워서 옮기기 쉽다
나: 무거워서 사용하기 불편할 것 같다 / 이것도 마음에 안 들다

이제 해 봐요

들어요

1 다음은 노트북 구입에 대한 대화입니다. 잘 듣고 질문에 답해 보세요. 

1) 두 사람이 노트북을 살 때 중요하게 생각하는 것은 무엇이에요?

남자		여자	

2) 들은 내용과 같은 것을 고르세요.

① 여자는 노트북을 주로 집에서 사용할 것입니다.

② 남자의 노트북은 성능은 좋지만 조금 무겁습니다.

③ 남자가 전에 사용한 노트북은 저렴한 것이었습니다.

읽어요

1 다음은 물건 선택 이유에 대해 쓴 글입니다. 잘 읽고 질문에 답해 보세요.

한국에 처음 유학 와서 제가 가장 많이 한 일은 공부가 아니라 쇼핑이었어요. 저는 유학 생활에 필요한 물건이 이렇게 많을 줄 몰랐어요. 처음에는 물건을 살 때 디자인을 제일 중요하게 생각했어요. 혼자 사는 방에 어울리는 물건을 사고 싶어서 여기저기에 가 봤어요. 하루 종일 가게를 다녀도 마음에 드는 물건이 없어서 그냥 집으로 돌아올 때도 많았어요. 이렇게 쇼핑만 하면 한국어를 공부할 시간도 없을 것 같았어요. 그래서 물건을 사는 이유를 다시 한번 생각해 봤어요. 디자인보다는 물건의 성능을 보기로 했어요. 그 후로 물건의 성능만 좋으면 디자인이 조금 마음에 안 들어도 바로 샀어요. 고장도 안 나고 오래 쓸 수 있어서 만족해요. 그리고 한국을 즐길 시간도 많아졌어요.

1) 이 사람이 물건을 살 때 중요하게 생각하는 것은 무엇이었어요?

2) 지금은 물건을 살 때 무엇을 중요하게 생각해요?

말해요

1 물건을 산 경험과 물건을 살 때 중요하게 생각하는 것은 무엇인지 이야기해 보세요.

1) 한국에 와서 제일 먼저 산 물건과 가장 최근에 산 물건은 무엇이에요? 그 물건을 선택한 이유는 무엇이에요?

2) 물건을 사기 전의 생각과 실제 물건을 사서 사용해 본 후의 생각은 같아요, 달라요?

3) 여러분이 물건을 살 때 중요하게 생각하는 것은 무엇이에요? 아래에 메모하세요.

노트북, 핸드폰 같은 전자 제품을 살 때는?

쓰레기통, 옷걸이, 빨래 건조대 같은 생활용품을 살 때는?

물건의 종류에 따라서 물건을 선택하는 기준이 같아요, 달라요?

4) 다른 친구들이 물건을 살 때 중요하게 생각하는 것이 나하고 같은지 다른지 확인하세요.

써요

1 물건을 살 때 중요하게 생각하는 것에 대해 써 보세요.

1) 말하기에서 이야기한 내용을 바탕으로 글을 쓸 거예요. 필요한 내용을 선택해서 글의 구조를 생각해 보세요.

2) 생각한 내용을 바탕으로 글을 쓰세요.

문화 한국어로 어떻게 말해요?

- 다음 생활용품의 이름을 알고 있습니까? 한국어로는 어떻게 말할까요?

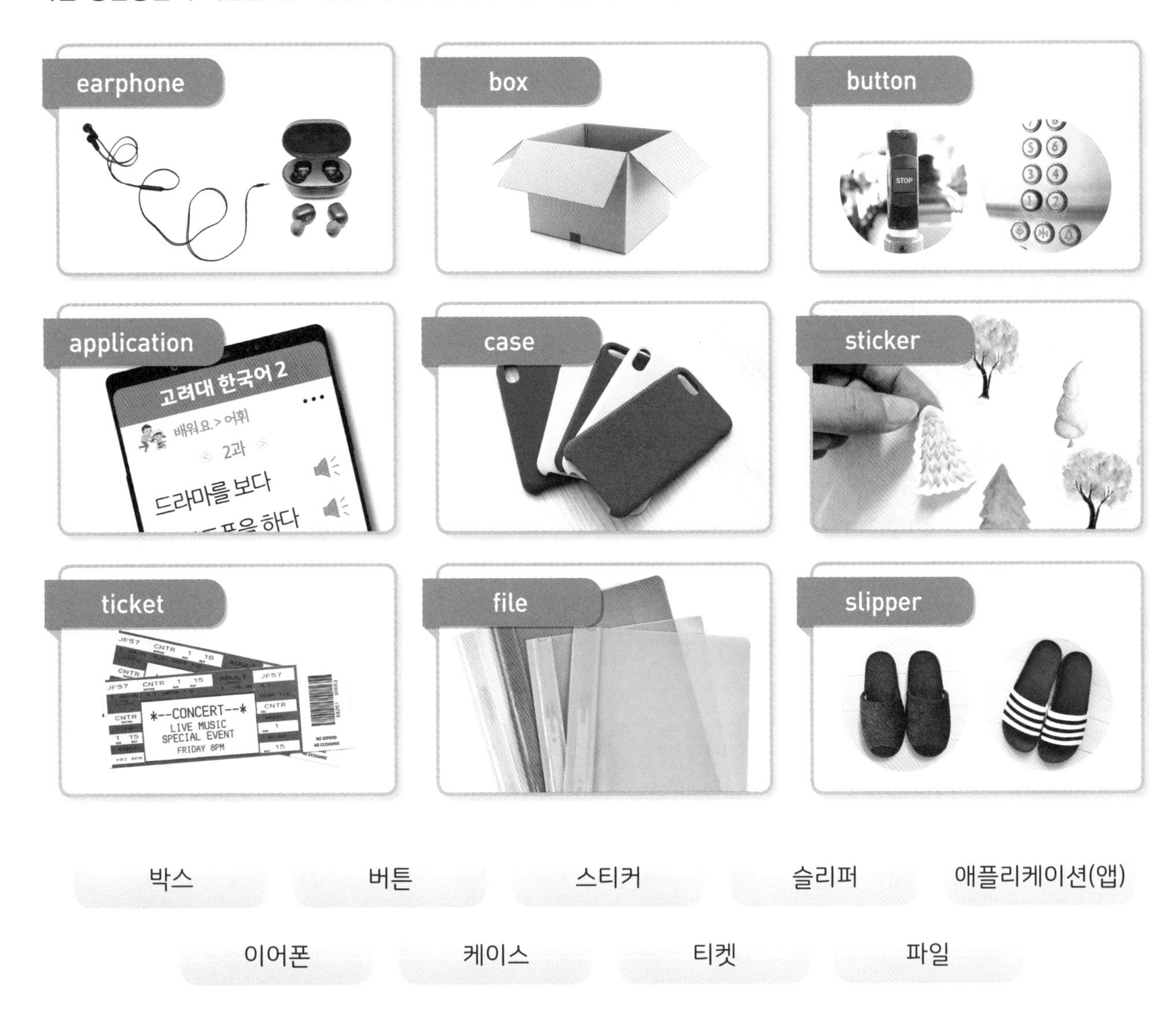

박스 버튼 스티커 슬리퍼 애플리케이션(앱)

이어폰 케이스 티켓 파일

- 여러분의 나라에서는 이런 물건을 어떻게 부릅니까?

자기 평가

이번 과 공부는 어땠어요? 별점을 매겨 보세요!

물건을 산 경험과 선택 이유에 대해 이야기할 수 있어요?	☆ ☆ ☆ ☆ ☆

7

내게 특별한 사람

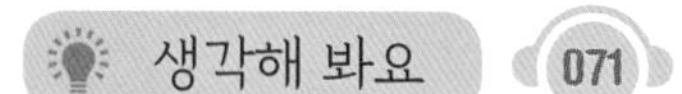
생각해 봐요

071

1. 두 사람은 누구에 대해 이야기하고 있어요?
2. 여러분도 좋아하는 사람이 있어요? 어떤 사람이에요?

학습 목표 學習目標

내게 특별한 사람에 대해 이야기할 수 있다.
能以對我來說特別的人為主題進行談論。

- 인간관계, 만남과 헤어짐, 좋아하는 사람의 특징
- -은 적이 있다/없다, -다 보니까, -대요

배워요

1

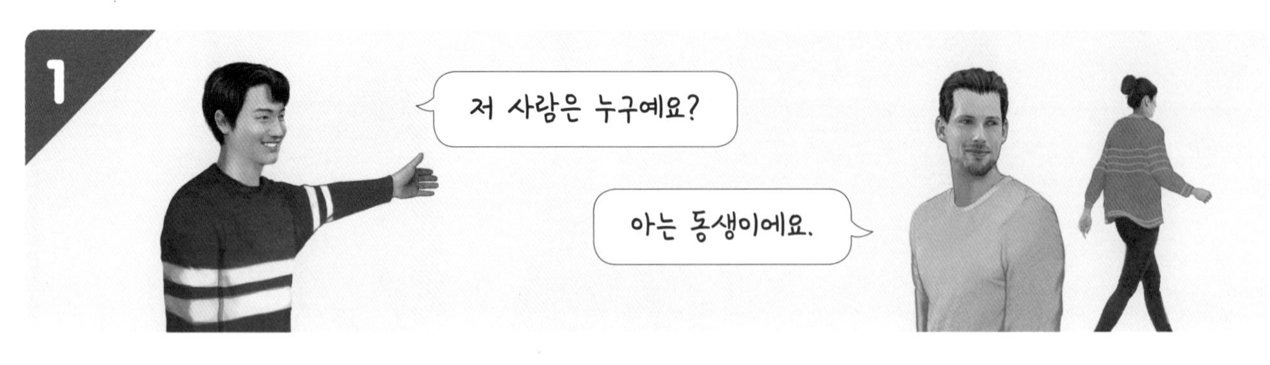

인간관계 1

친한/아는 선배 후배 형 누나 오빠 언니 동생

사귀는 사람/만나는 사람 *초등학교* 동창 그냥 아는 *사람* 내가 좋아하는 *배우* 모르는 사람

인간관계 2

친구 사이 *동아리* 선후배 사이 사귀는 사이 결혼할 사이 형제/자매 *고등학교* 동창

1) 가 조금 전에 그 사람 누구예요?
   나 모르는 사람이에요. 길을 물어봐서 알려 준 거예요.

2) 가 둘이 어떤 사이예요?
   나 우리요? 아무 사이 아니에요. 그냥 친구예요.

1 다음과 같이 이야기해 봐요.

그냥 아는 오빠

가 이 사람은 누구예요?

나 그냥 아는 오빠예요.

① 요즘 만나는 사람

② 내가 좋아하는 가수

③ 대학교 동창

④ 저랑 제일 친한 친구

⑤ 모르는 사람

⑥ 동아리에서 만난 후배

2

두 사람은 어떻게 알게 됐어요?

동아리에서 만났어요.

만남과 헤어짐

친구 소개로
소개팅으로
SNS로
동아리에서
우연히

만나다

친해지다
늘 붙어 다니다
첫눈에 반하다
사랑에 빠지다
짝사랑을 하다
사귀게 되다

싸우다
헤어지다
차이다
연락이 끊기다
자연스럽게 멀어지다
완전히 끝나다

1) 가 두 사람은 어떻게 사귀게 되었어요?
   나 첫눈에 반해서 제가 먼저 고백했어요.
   → 고백하다 confess 告白、表白

2) 가 그 사람하고는 잘되고 있어?
   나 아니, 한번 크게 싸운 후로 자연스럽게 멀어졌어.

3) 가 동아리 사람들하고 많이 친해졌어요?
   나 아직 한 번밖에 안 만나서 잘 모르겠어요.

- '밖에'는 명사에 붙어 그것이 유일함을 나타내요. '밖에' 뒤에는 '안', '못', '없다', '모르다'와 같은 표현이 주로 와요.
  「밖에」加在名詞之後，表現那名詞的唯一性。「밖에」後面主要連接「안」、「못」、「없다」、「모르다」等表現。
  지금 만 원밖에 없어요.

1 다음과 같이 이야기해 봐요.

친구 소개로 만났다	X

가 그 사람하고 친구 소개로 만났어?
나 아니. 우연히 만났어.

①	학교에서 만났다	X	②	잘 지내고 있다	O
③	지금도 잘 만나다	X	④	좀 친해졌다	O
⑤	정말 헤어졌다	O	⑥	연락하고 지내다	X

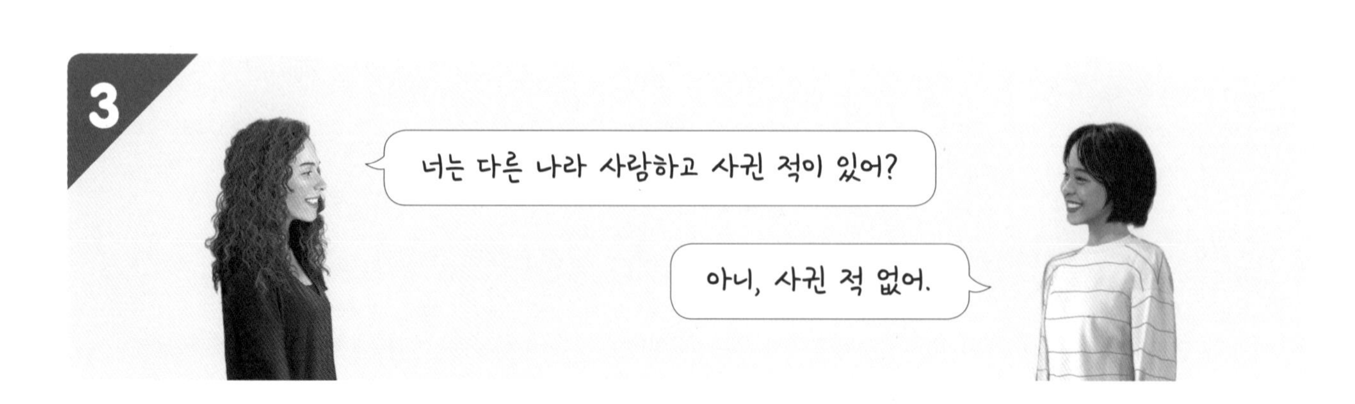

1) 가 너는 남자 친구하고 싸운 적 있어?
나 그럼, 당연하지. 거의 매일 싸워.
당연하다 of course 當然的

2) 가 SNS로 사람을 만나서 사귄 적 있어?
나 만난 적은 많은데 아직 사귀어 본 적은 없어.

3) 가 용재 씨는 인기가 많아서 짝사랑은 안 해 봤을 것 같아요.
나 아니에요. 저도 짝사랑해 본 적 많아요.

-(으)ㄴ 적(이) 있다/없다

- 경험이 있거나 없음을 나타낸다.
  表現有經驗或沒有經驗。

1 다음과 같이 이야기해 봐요.

첫눈에 반하다 O

가 첫눈에 반한 적이 있어요?
나 네, 첫눈에 반한 적이 있어요.

① SNS로 친구를 만나다 O

② 먼저 고백하다 O

③ 연예인을 좋아하다 X
연예인 celebrity 藝人

④ 사귀는 사람한테 차이다 O

⑤ 헤어진 후에 다시 사귀다 X

⑥ 친한 친구하고 싸우다 X

2 다음 경험에 대해 친구하고 이야기해 봐요.

우연히 만나서 친해지다 | 연예인을 직접 보다 | 짝사랑을 하다 | 고백을 하다/받다 | ?

4

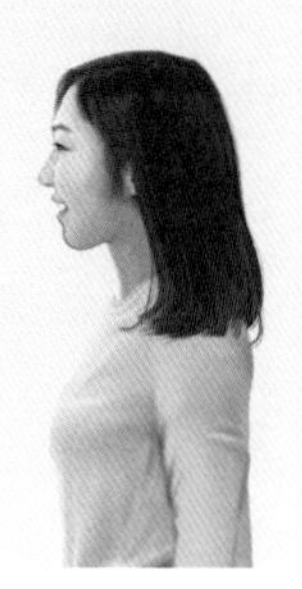

● 사람을 사귈 때 무엇을 중요하게 생각해요? 다섯 가지만 고른 후 친구하고 이야기해 봐요.

좋아하는 사람의 특징

☐	이야기가 잘 통하다	☐	외모가 마음에 들다
☐	생각이 비슷하다	☐	목소리가 좋다
☐	취향이 비슷하다	☐	옷을 잘 입다
☐	나하고 잘 맞다	☐	말을 재미있게 하다
☐	나하고 다르다	☐	매력이 넘치다
☐	나한테 잘해 주다	☐	사랑스럽다
☐	그냥 좋다	☐	어른스럽다

1) 가 너는 제니가 왜 그렇게 좋아?
나 나하고 잘 맞고 모든 게 사랑스러워.

2) 가 지아 씨, 이 사람 어때요? 소개해 주고 싶은데 한번 만나 볼래요?
나 음, 외모가 마음에 드네요. 전 너무 연예인처럼 잘생긴 사람은 안 좋아하거든요.

• '처럼'은 명사에 붙어 비유나 비교의 대상을 나타내요.
「처럼」加在名詞之後，用來表現比喻或比較的對象。
한국 사람처럼 한국말을 잘하고 싶어요.

1 여러분이 아는 사람 중에 이런 특징을 가지고 있는 사람이 있어요? 친구하고 이야기해 봐요.

사랑스럽다	매력이 있다
나한테 잘해 주다	나하고 다르다

2 여러분 나라에서 인기가 많은 연예인은 누구예요? 왜 인기가 많아요? 친구하고 이야기해 봐요.

5

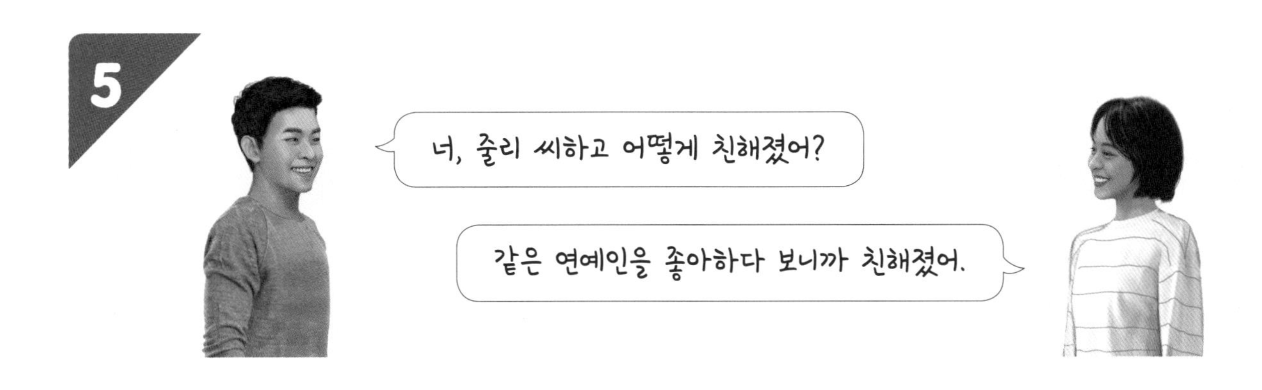

1) 가 그 사람을 보고 첫눈에 반했어?
   나 아니. 여러 번 만나다 보니까 좋아하게 됐어.

2) 가 여자 친구하고 왜 헤어졌어?
   나 서로 바쁘다 보니 자연스럽게 멀어졌어.

3) 가 그 가수를 왜 좋아하게 됐어?
   나 나하고 친한 친구들이 다 좋아하다 보니 나도 관심을 갖게 됐어.

관심을 갖다 have an interest in 關心、注意到

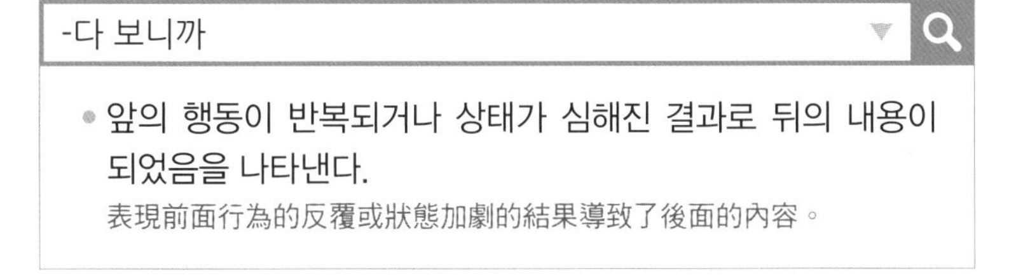

-다 보니까

- 앞의 행동이 반복되거나 상태가 심해진 결과로 뒤의 내용이 되었음을 나타낸다.
  表現前面行為的反覆或狀態加劇的結果導致了後面的內容。

1 다음과 같이 이야기해 봐요.

친해지다

취미가 같아서 자주 만나다

가 두 사람은 어떻게 친해졌어요?

나 취미가 같아서 자주 만나다 보니까 친해졌어요.

① 친해지다 / 매일 수업을 같이 듣다

② 좋아하게 되다 / 모임에서 같이 활동하다

③ 헤어지게 되다 / 서로의 생각이 다르다

④ 멀어지다 / 바빠서 연락을 자주 못 하다

2 다음과 같이 이야기해 봐요.

여행사에서 일하다

여행을 좋아하다

가 여행사에서 일해요?

나 네. 여행을 좋아하다 보니 여행사에서 일하게 됐어요.

① 요리를 잘하다 / 계속 집에서 해 먹다

② 한국 문화를 잘 알다 / 여자 친구가 한국 사람이다

③ 피아노를 잘 치다 / 매일 연습하다

④ 요즘 동아리 모임에 안 나가다 / 바쁘다

3 한국에 온 후에 달라진 것에 대해 다음과 같이 친구하고 이야기해 봐요.

저는 웨이 씨하고 매일 같이 수업을 듣다 보니 친해졌어요.

친해진 사람　　　좋아하게 된 일　　　잘하게 된 것

6

두 사람 사귀어?

응, 우리 사귀어.

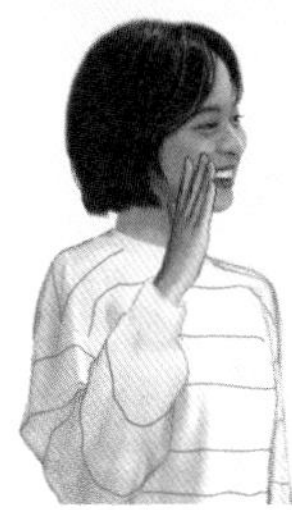

언니, 줄리하고 하준 씨가 사귄대요.

그래? 나는 전혀 몰랐어.

1) 가 두 사람은 왜 저러고 있어요?
   나 둘이 싸웠대요. 어제부터 계속 말을 안 해요.

2) 가 저기 용재 선배 옆에 있는 사람이 누구예요?
   나 지아가 그러는데 용재 선배가 요즘 만나는 사람이래요.

3) 가 내일 날씨가 어떻대요?
   나 비가 오고 바람이 많이 분대요.

4) 가 무함마드 씨가 뭐래요?
   나 내일 고향에서 친구가 놀러 와서 학교에 안 올 거래요.

-대요

- 다른 사람에게서 들은 내용을 전달할 때 사용한다.
  用於轉達從別人那裡聽到的內容。

1 다음과 같이 이야기해 봐요.

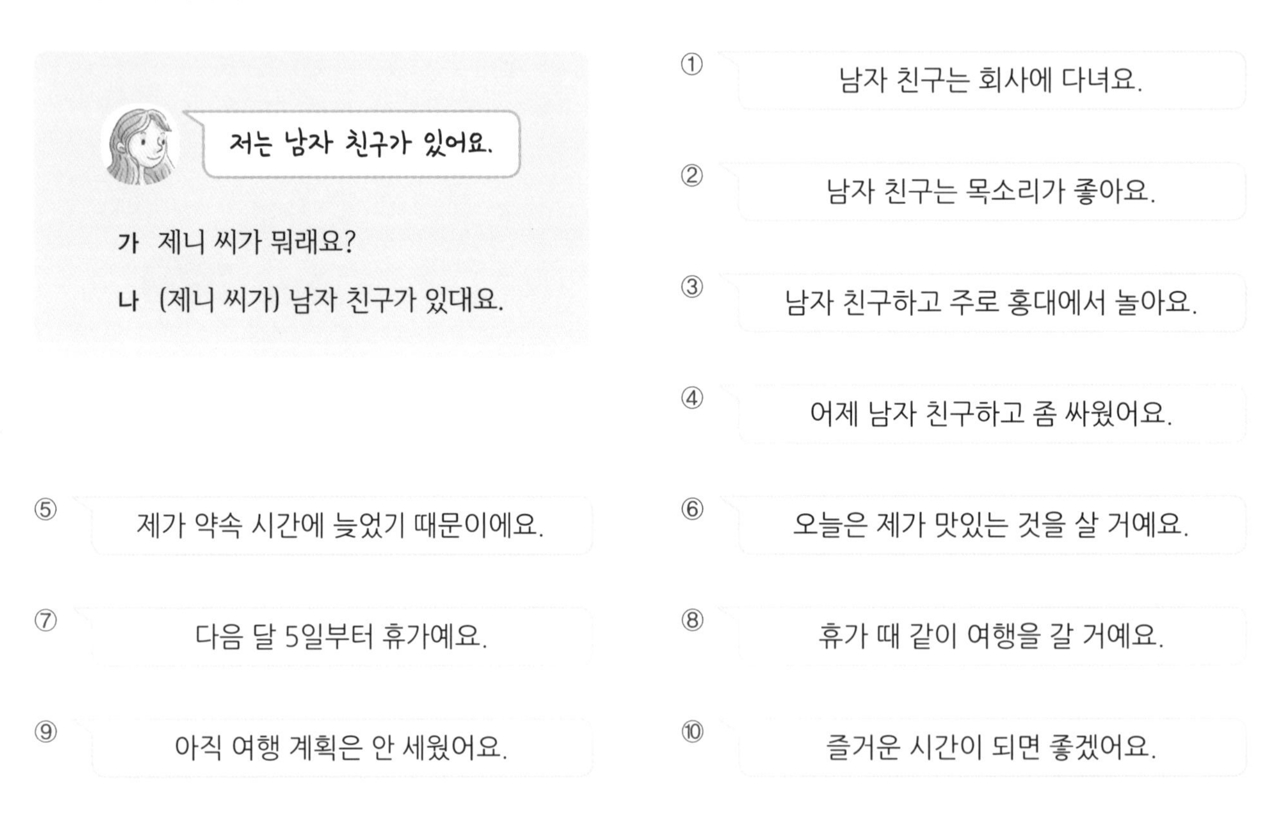

2 다음에 대해 친구하고 이야기를 나눈 후 그 내용을 다른 친구한테 이야기해 봐요.

여가 생활	요즘 관심이 있는 사람 요즘 관심이 있는 것	새로 산 물건

한 번 더 연습해요

1 다음 대화를 들어 보세요. 

1) 두 사람은 무엇에 대해 이야기해요?

2) 카밀라 씨는 누구를 어떻게 사귀게 되었어요?

2 다음 대화를 연습해 보세요.

카밀라, 한국 사람하고 사귀어 본 적이 있어?

응, 사귀어 본 적 있어.

어떻게 사귀게 됐어?

SNS로 알게 되었는데 자주 이야기하다 보니 사귀게 됐어.

3 여러분도 이야기해 보세요.

1)
가 학교 선배하고 사귀다 나 같은 수업을 듣다

2)
가 한국 연예인을 좋아하다 나 드라마에서 자주 보다

3)
가 친한 친구하고 멀어지다 나 대학에 입학해서 서로 바쁘다

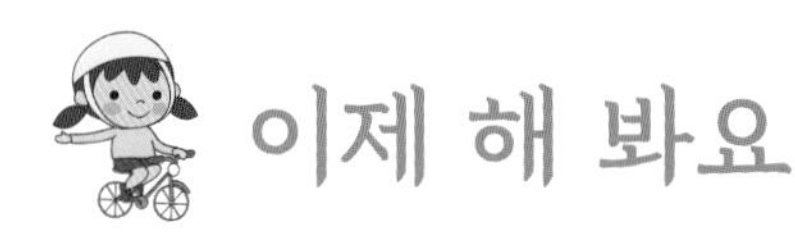

이제 해 봐요

들어요

1 다음은 좋아하는 연예인에 대한 대화입니다. 잘 듣고 질문에 답해 보세요. 

1) 여자가 좋아하는 연예인에 대한 설명으로 맞는 것을 고르세요.

① 아직 팬클럽이 없습니다.

② 콘서트를 한 적이 있습니다.

③ 가수를 하면서 영화도 찍었습니다.

2) 여자가 이 연예인을 좋아하는 이유를 쓰세요.

읽어요

1 다음은 좋아하는 사람에 대해 쓴 글입니다. 잘 읽고 질문에 답해 보세요.

제가 한국에 와서 가장 좋아하게 된 사람은 제 룸메이트 김유진입니다. 저는 처음 본 사람하고 말도 잘하고 쉽게 친구를 사귀는 편인데 유진이는 저와 다르게 아주 조용한 사람입니다. 처음에는 제가 물어볼 때만 대답을 하고 말을 별로 하지 않아서 저를 안 좋아하는 줄 알았습니다. 그런데 한번은 제가 남자 친구하고 크게 싸운 적이 있었습니다. 너무 속상해서 계속 울고 있었는데 그때 유진이가 제 이야기도 잘 들어주고 어른스럽게 조언도 해 주었습니다. 유진이와 이야기를 하다 보니 남자 친구의 마음도 이해되고 기분도 나아졌습니다. 그 뒤로 유진이와 친해져서 지금은 이야기가 잘 통하는 가장 좋은 친구가 되었습니다.

속상하다 upset 傷心的

1) 유진 씨는 어떤 사람이에요?

2) 읽은 내용과 같은 것을 고르세요.

① 이 사람은 남자 친구와 헤어졌습니다.

② 이 사람과 유진 씨는 성향이 다릅니다.

③ 이 사람과 유진 씨는 처음부터 이야기가 잘 통했습니다.

말해요

1 여러분은 한국에서 만난 특별한 사람이 있어요? 한국에 와서 만난 특별한 사람에 대해 이야기해 보세요.

1) 다음에 대해 메모하세요.

☆ 그 사람은 누구예요?

☆ 그 사람을 언제 만났어요?
그 사람을 어디에서 만났어요?
그 사람을 어떻게 만났어요?

☆ 그 사람은 어떤 사람이에요?

☆ 그 사람이 왜 나에게 특별해요?

2) 메모한 내용을 바탕으로 친구하고 이야기하세요.

3) 여러분이 들은 이야기를 다른 친구에게 전하세요.

1 한국에 와서 만난 특별한 사람을 소개하는 글을 써 보세요.

1) 말하기에서 이야기한 내용을 바탕으로 글을 쓸 거예요. 어떤 순서로 쓸 거예요? 생각해 보세요.

2) 메모한 내용을 바탕으로 글을 쓰세요.

발음 한국어의 억양

- 한국어의 억양을 생각하면서 다음을 들어 보십시오. 

영민이는 민영이를 좋아해요.

현영이는 상민이를 사랑해요.

- 이번에는 억양 표시를 확인하면서 들으십시오.

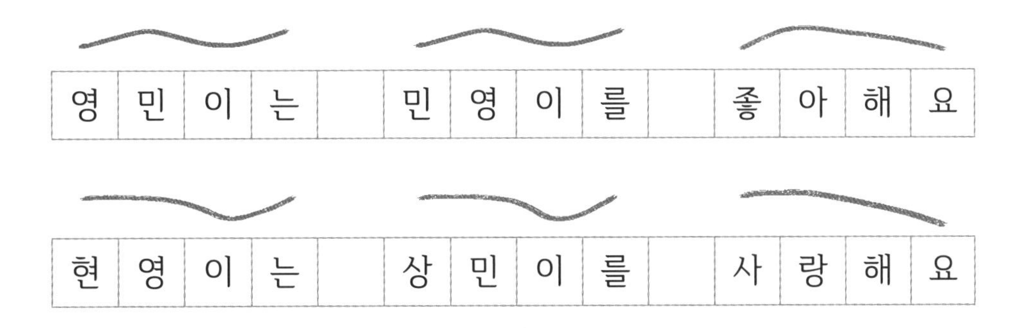

- 억양에 주의하면서 다음을 읽으십시오. 075

1) 나는 민영이를 좋아해요.

2) 우리는 민영이를 좋아해요.

3) 상민이는 현영이를 사랑해요.

4) 선생님하고 친구들하고 함께 가요.

5) 나는 어렸을 때부터 한국어를 좋아했어요.

자기 평가

이번 과 공부는 어땠어요? 별점을 매겨 보세요!

내게 특별한 사람에 대해 이야기할 수 있어요?	

8

일상의 변화

생각해 봐요 081

1 무엇이 달라졌어요?

2 여러분 주변에 최근에 달라진 것이 있어요?

학습 목표 學習目標

일상의 변화를 발견하고 그 느낌을 이야기할 수 있다.
能發現日常的變化並談論其感覺。

- 외적 변화, 변화의 느낌
- -던, -아 보이다, -아 있다

배워요

1

외적 변화

*건물*이 생기다

*창문*을 만들다

*건물*이 없어지다

*창문*을 없애다

*모양*이 바뀌다 *스타일*이 달라지다

*분위기*를 바꾸다

머리 모양을 바꾸다

머리를 자르다 커트하다

파마하다

염색하다

피부가 좋아지다

화장을 하다

수염을 기르다

수염을 깎다 면도를 하다

1) 가 사무실 분위기가 좀 달라진 것 같아요.
나 네. 봄이라서 사무실 인테리어를 좀 바꿔 봤습니다.

interior 裝潢

2) 가 저 사람이 다니엘 씨 맞아요?
나 네. 수염을 기르니까 다른 사람 같지요?

3) 가 어떻게 해 드릴까요?
나 머리를 조금 자르고 파마하려고요.

1 **다음과 같이 이야기해 봐요.**

창문, 생기다

가 뭔가 달라진 것 같은데요?
나 창문이 생겨서 그럴 거예요.

① 색깔, 바꾸다
② 책들, 없애다
③ 디자인, 달라지다
④ 피부, 좋아지다

⑤ 

⑥ 

⑦ 

⑧ 

2 **여러분은 다음을 해 본 적이 있어요? 친구하고 이야기해 봐요.**

파마하다 | 염색하다 | 수염을 기르다 | 화장을 하다

2

우리가 전에 자주 가던 식당도 없어졌어?

응. 여기가 많이 바뀌었어.

1) 가 여기 전에는 미용실 아니었어요?
   나 맞아요. 편의점으로 바뀐 지 꽤 됐어요.
   가 사장님이 친절해서 자주 다니던 곳이었는데.
   친절하다 kind 親切的

2) 가 코트 새로 샀어요? 잘 어울리네요.
   나 네. 전에 입던 코트가 너무 오래 돼서 새로 하나 샀어요.

3) 가 너 우리 고등학교 동창 민지 기억해?
   나 그 눈 크고 성격 좋던 애 말이지?

4) 가 여기에 있던 TV 어디 갔어요?
   나 공부에 집중하려고 없앴어요.
   집중하다 concentrate 集中、專注

-던

- 뒤에 오는 명사를 수식한다. 과거에 그 동작이 반복적으로 이루어졌거나 그 상태가 지속되었음을 나타낸다.
  用於修飾後面的名詞。表現過去該動作的反覆發生或該狀態曾一直持續。

1 **다음과 같이 이야기해 봐요.**

가 그 식당은 어떤 곳이에요?

나 전에 자주 가던 식당이에요.

가게	친구	옷	

2 여러분이 자주 가던 식당이나 가게인데 지금은 없어진 곳이 있어요? 또는 어릴 때 친하게 지내던 친구나 좋아하던 연예인은 누구였어요? 친구하고 이야기해 봐요.

3

눈이 쌓이니까 다른 곳 같아.

그러게.
매일 다니던 길인데 오늘은 좀 새롭네.

변화의 느낌

깔끔하다

지저분하다

새롭다

낡다 오래되다

간단하다

복잡하다

세련되다

촌스럽다

어리다

젊다

나이가 들다

늙다

1) 가 여기 길이 새로 생겼네요.
나 네. 그래서 전보다 차도 많아지고 더 복잡해졌어요.

2) 가 조금 천천히 걸을까요?
나 그럴까요? 젊었을 때는 괜찮았는데 나이가 드니까 힘드네요.

1 다음과 같이 이야기해 봐요.

가 저 사람 어때요?
나 어려서 실수를 많이 해요.

가 느낌이 어때요?
나 만든 지 오래돼서 촌스러워요.

어리다	하고 싶은 것이 많다
젊다	생각이 깊다
나이가 들다	실수를 많이 하다
	?

인테리어를 바꾸다	깔끔하다
건물들이 많이 생기다	낡다
만든 지 오래되다	복잡하다
?	새롭다
	지저분하다
	촌스럽다

2 다음에 대해 느낌이 어떤지 이야기해 봐요.

공부하고 있는 건물

전에 살던 곳

가장 인기 있는 연예인

현재의 나

4

집 소파를 이걸로 바꾸려고 하는데 어때요?

색깔도 예쁘고 세련돼 보여요.

1) 가 저 어제 미용실 갔다 왔는데 어때요?
   나 너무 잘 어울려요. 그렇게 하니까 더 어려 보이네요.

2) 가 김 선생님, 오늘 뭔가 달라 보여요.
   나 안경을 안 쓰고 렌즈를 껴서 그럴 거예요.
   렌즈를 끼다 wear contact lenses 戴隱形眼鏡

3) 가 우리 사무실이 너무 지저분한 것 같아요.
   나 저기에 있는 서류만 버려도 훨씬 깔끔해 보일 것 같은데. 같이 정리할까요?

4) 가 이게 새로 산 가방이에요?
   나 네. 가격도 저렴하고 튼튼해 보여서 이걸로 샀어요.

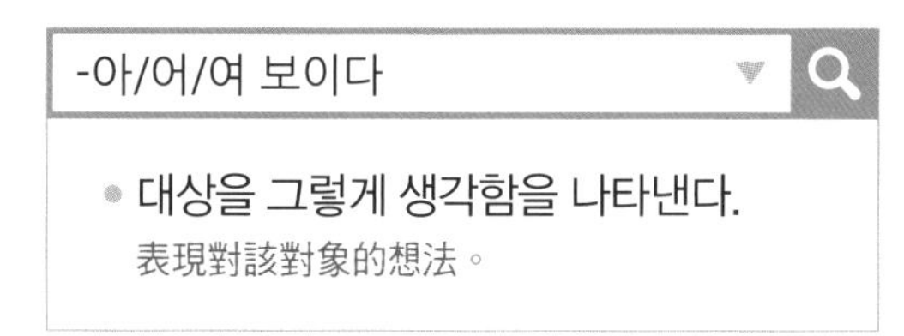

-아/어/여 보이다

- 대상을 그렇게 생각함을 나타낸다.
  表現對該對象的想法。

1 다음과 같이 이야기해 봐요.

가 가구를 바꿔 봤는데 어때요?

나 이렇게 바꾸니까 더 넓어 보이는데요.

①

머리 모양

바꾸다

②

케이스

바꾸다

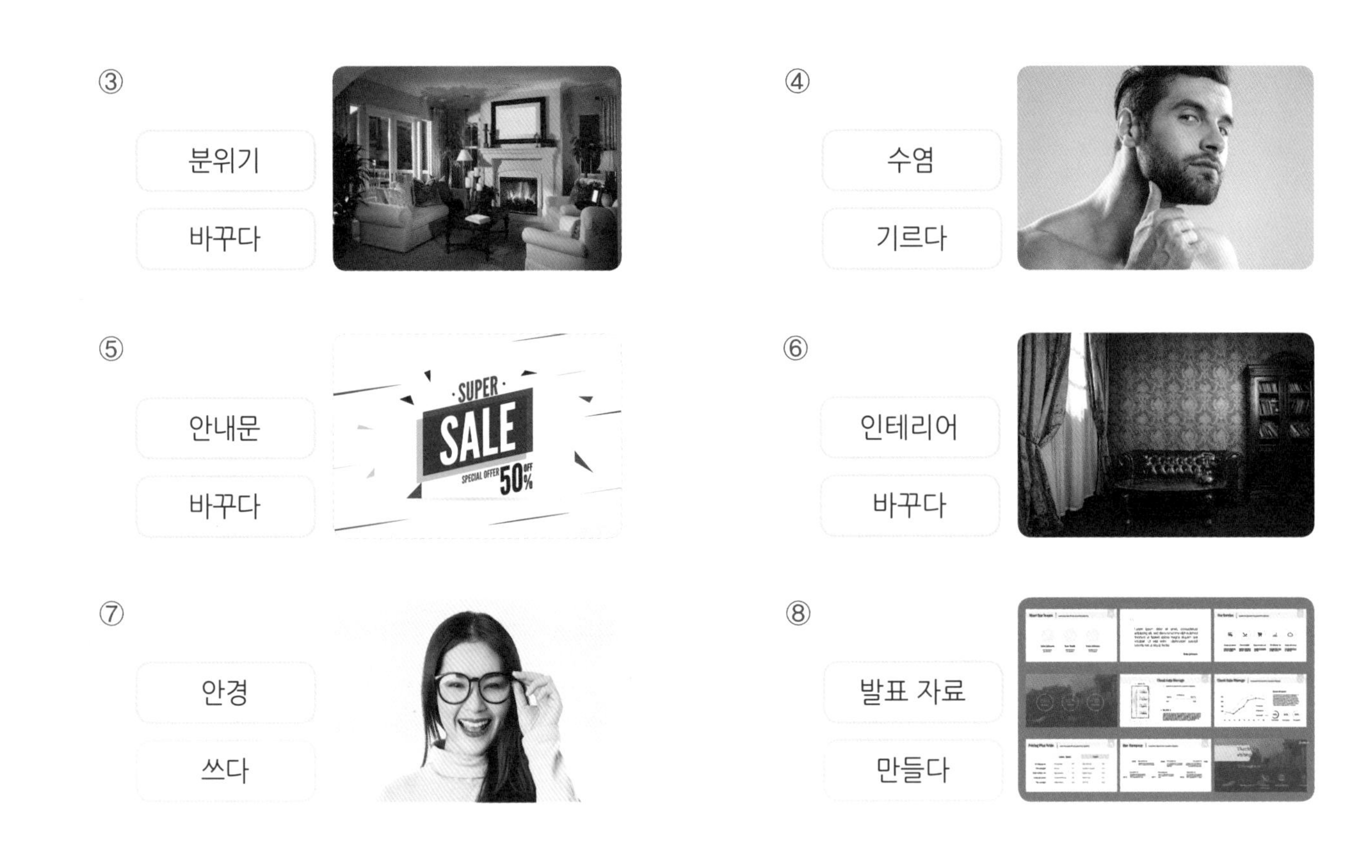

2 여러분이 사는 곳은 어때요? 그리고 여러분의 친구는 오늘 어때 보여요? 친구하고 이야기해 봐요.

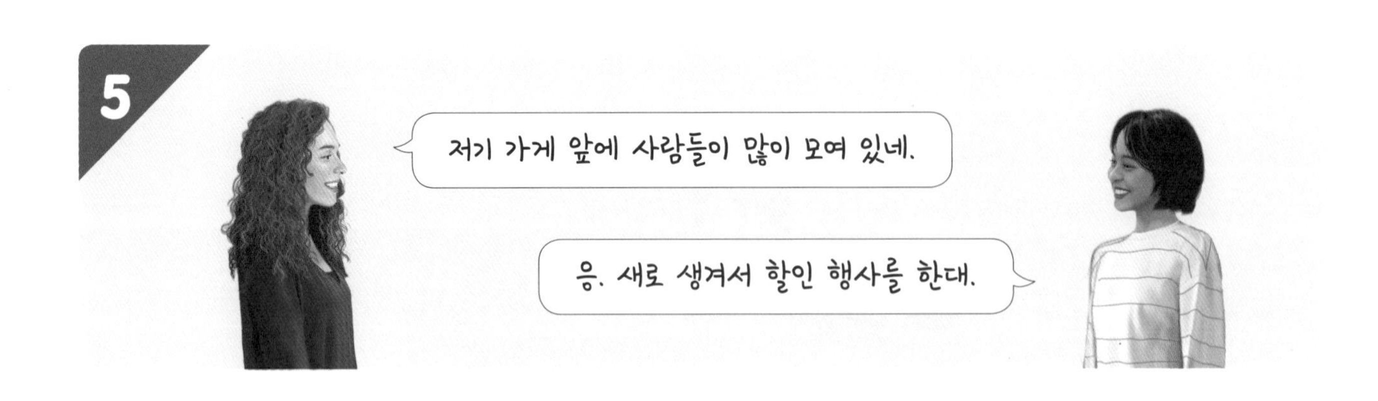

1) 가 이게 새로 산 소파예요? 편해 보이네요.
   나 너무 편해서 문제예요. 집에 오면 계속 여기에 누워 있거든요.

2) 가 아직도 공사(construction 施工、工程) 중이에요? 저는 다 끝난 줄 알았는데.
   나 저기 안내문에 쓰여 있었어요. 다음 주까지 한대요.

3) 가 늦게 와서 자리가 없는 것 같아요. 사람들이 다 뒤에 서 있어요.
나 서서 보면 힘들 것 같은데. 어쩌죠?

4) 가 어, 땅에 뭐가 떨어져 있어요.
나 지갑인 것 같아요.

5) 가 이 상자 안에 뭐가 들어 있어요?
나 제가 공부하던 한국어 교과서들이에요.

textbook 教科書、教材

-아/어/여 있다

- 어떤 동작이 끝난 후 그 상태가 지속됨을 나타낸다.
  表現某動作結束後其狀態的持續。

1 다음과 같이 이야기해 봐요.

서다 앉다 눕다

가 주말에는 어떻게 보내요?

나 주말에는 보통 하루 종일 침대에 **누워 있어요**.

① 붙다 모이다 떨어지다

가 안내문이 어디에 있어요?

나 교실 벽에 ______________________.

② 앉다 서다 눕다

가 새로 들어온 신입 회원이 누구예요?

나 저기 문 앞 의자에 ______________________ 분이에요.

③ 쓰이다 들다 나오다

가 저 컵 안에 ____________________ 게 뭐예요?

나 어제 마시던 커피예요.

④ 모이다 붙다 떨어지다

가 가족하고 ____________________ 많이 외롭지요?

나 그럴 때도 있는데 혼자 있는 게 편할 때도 있어요.

2 다음을 보고 그림 속 모습을 자세하게 이야기해 봐요.

3 교실의 친구들의 모습은 어때요? 교실 안과 교실 밖의 모습은 어때요? 친구하고 이야기해 봐요.

한 번 더 연습해요

1 다음 대화를 들어 보세요. 

1) 남자는 무엇을 바꾸었어요?

2) 바꾼 후에 느낌이 어때요?

2 다음 대화를 연습해 보세요.

이 의자 새로 만들었어요?

전에 있던 것이 너무 낡았거든요.
새로 만들어 봤는데 어때요?

멋있고 세련돼 보여요.

3 여러분도 이야기해 보세요.

1)

가	나
안내문, 바꾸다	촌스럽다
보기 쉽다, 새롭다	색이랑 모양, 바꾸다

2)

가	나
사무실 인테리어, 바꾸다	지저분하고 복잡하다
깔끔하다, 넓다	필요 없는 것, 버리다, 가구 위치, 바꾸다

3)

가	나
머리 모양, 바꾸다	머리가 길다
잘 어울리다, 깔끔하다	자르다, 파마하다

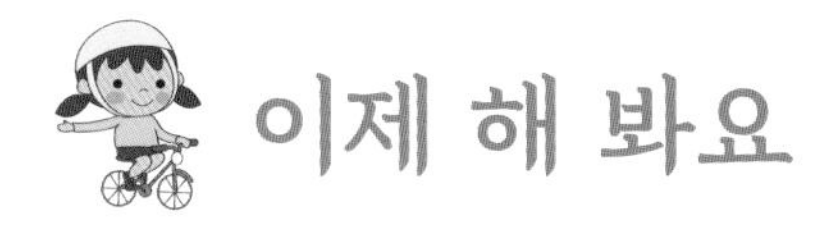

이제 해 봐요

들어요

1 다음은 두 사람이 오랜만에 만나서 이야기하는 대화입니다. 잘 듣고 질문에 답해 보세요. 

1) 대화가 끝난 후 남자가 바로 이어서 할 행동으로 알맞은 것을 고르세요.

① 식당에서 밥을 먹습니다.

② 선생님께 인사를 드립니다.

③ 한국어센터 건물로 갑니다.

2) 들은 내용과 같은 것을 고르세요.

① 이곳에 카페가 새로 생겼습니다.

② 여자는 이곳에 오랜만에 다시 왔습니다.

③ 남자는 5년 전에 대학을 졸업했습니다.

말해요

1 집이나 외모를 바꾼 경험을 이야기해 보세요.

1) 여러분은 여러분의 집이나 모습을 바꾼 경험이 있어요? 자기 경험이 없으면 주위 사람들의 경우를 생각해 보세요.

- 바꾸기 전의 모습은?

- 어떻게 바꾸었는지?

- 바꾼 후의 느낌은?

2) 위의 내용을 친구들하고 이야기하세요.

3) 앞으로 더 바꾸고 싶은 것이 있어요? 무엇을 어떻게 바꾸고 싶어요? 친구하고 이야기하세요.

읽어요

1 다음은 바뀐 장소에 대해 쓴 글입니다. 잘 읽고 질문에 답해 보세요.

지난 주말에 오랜만에 고향에 가게 되었습니다. 초등학교 동창회가 있어서 친구들과 즐거운 시간을 보내고 왔습니다. 외모가 너무 변해서 ㉠몰라본 친구도 있었습니다. 동창회가 끝난 후 친구 몇 명과 함께 초등학교에 다시 가 보기로 했습니다.

학교까지 가는 길을 걷다 보니 예전 생각이 많이 났습니다. 학교에 늦어서 뛰어갈 때마다 들었던 종소리, 학교 정문 앞에 있던 떡볶이집, 운동장 끝에 있던 이름 모를 나무. 학교 주변의 모습은 많이 바뀌었지만 다행히 운동장에 있던 나무는 그대로였습니다. 어릴 때에는 너무 커 보이던 나무가 지금 보니까 별로 크지 않아서 놀랐습니다. 키가 크고 나이가 들면서 세상을 보는 눈도 바뀐 것 같습니다.

1) 읽은 내용과 같은 것을 고르세요.

① 이 사람은 모임에 가기 전 초등학교에 가 봤습니다.

② 이 사람은 동창회가 있어서 오랜만에 고향에 갔습니다.

③ 이 사람은 학교에 있던 나무가 없어져서 놀랐습니다.

2) '㉠몰라본 친구도 있었습니다'의 의미와 가장 비슷한 것을 고르세요.

① 친구가 안 생겼습니다.

② 친구인 줄 몰랐습니다.

③ 친구에게 질문을 했습니다.

써요

1 일상의 변화에 대한 글을 써 보세요.

1) 생활하면서 많이 바뀌었다고 느낀 것이 있어요? 무엇이 바뀌었어요? 어떻게 바뀌었어요? 바뀐 것을 어떻게 알게 되었어요? 바뀐 후의 느낌이 어때요? 생각해 보세요.

2) 생각한 것을 바탕으로 글을 쓰세요.

문화 유행하는 이모티콘

- 다음 사진을 보십시오. 무엇인지 알고 있습니까?

- 다음은 무엇을 나타내고 언제 사용하는지 알고 있습니까?

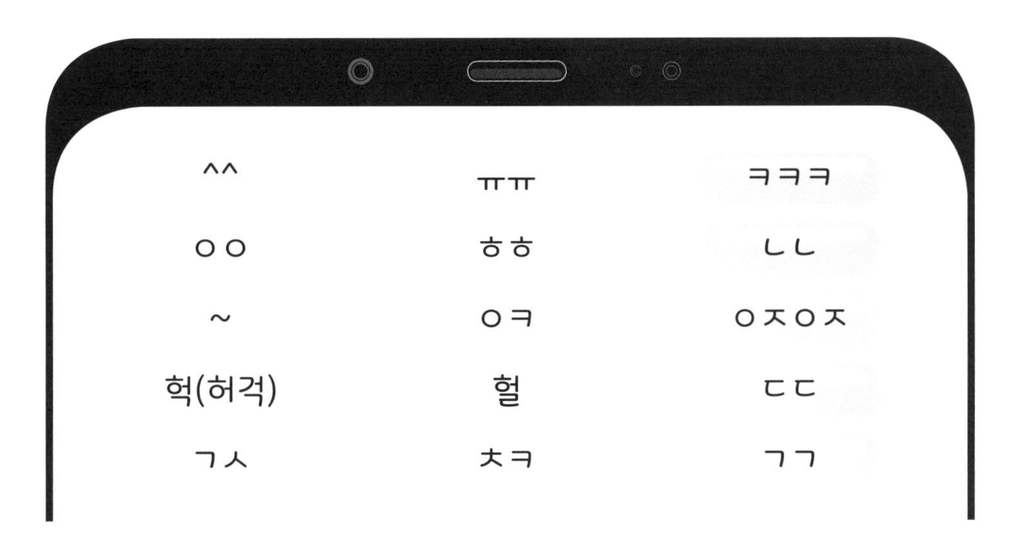

- 여러분은 요즘 어떤 이모티콘을 많이 씁니까?

자기 평가

이번 과 공부는 어땠어요? 별점을 매겨 보세요!

일상의 변화를 발견하고 그 느낌을 이야기할 수 있어요?	☆ ☆ ☆ ☆ ☆

타는곳
Tracks
乘車

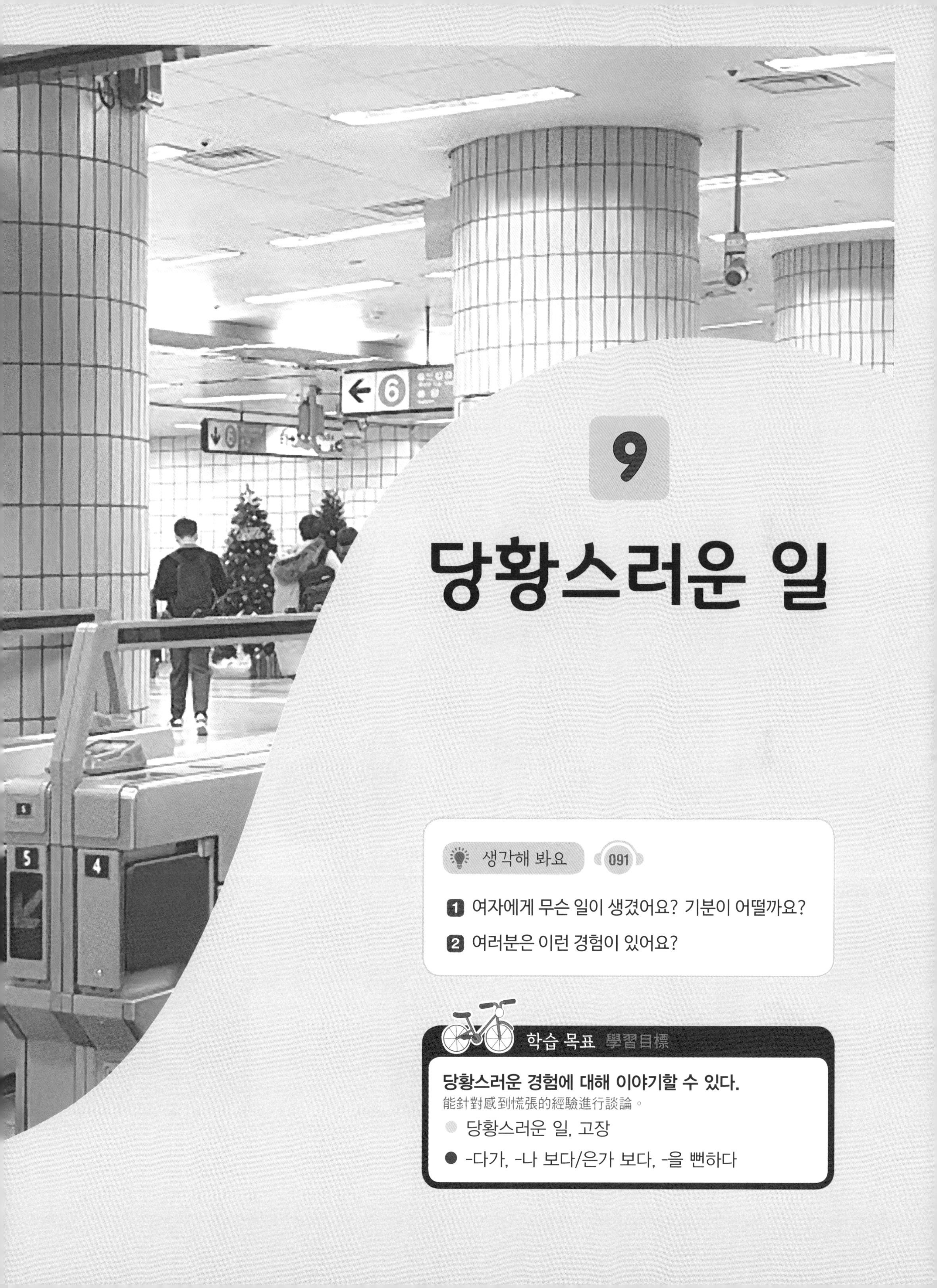

9

당황스러운 일

생각해 봐요 091

1. 여자에게 무슨 일이 생겼어요? 기분이 어떨까요?
2. 여러분은 이런 경험이 있어요?

학습 목표 學習目標

당황스러운 경험에 대해 이야기할 수 있다.
能針對感到慌張的經驗進行談論。

- 당황스러운 일, 고장
- -다가, -나 보다/은가 보다, -을 뻔하다

배워요

1

무슨 일이야?

넘어져서 좀 다쳤어.

당황스러운 일

넘어지다

부딪히다

부러지다

찢어지다

교통사고가 나다

버스를 놓치다

도둑을 맞다

두고 오다/놓고 오다

떨어뜨리다

쏟다

고장이 나다

1) 가 왜 이렇게 늦었어?
나 버스를 놓쳐서 늦었어. 미안해.

2) 가 어디를 그렇게 급하게 가는 거예요?
나 노트북이 없어져서요. 교실에 두고 온 것 같아요.

1 다음과 같이 이야기해 봐요.

가 무슨 일 있어요?
나 화장실에 휴대폰을 두고 왔어요.

넘어지다 떨어뜨리다 놓치다
✔ 두고 오다 쏟다 도둑을 맞다

2 여러분은 최근에 어떤 당황스러운 일이 있었어요? 친구하고 이야기해 봐요.

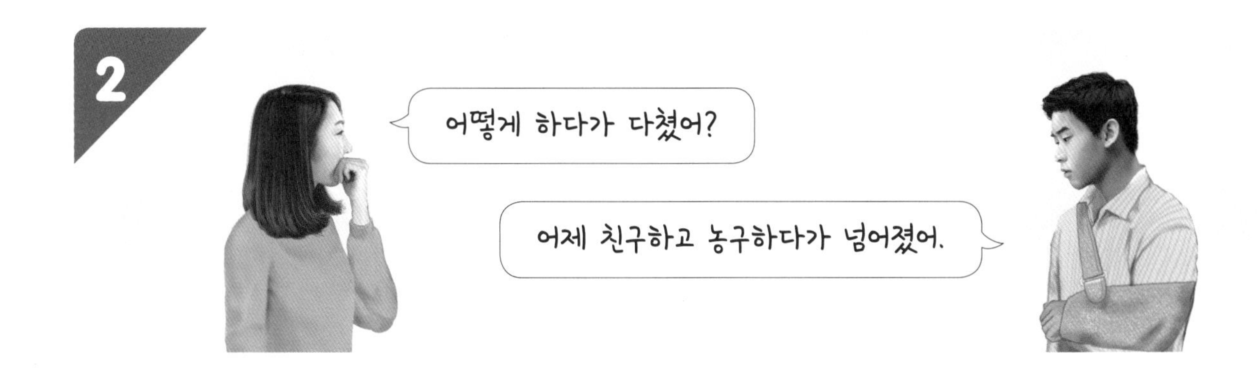

1) 가 나 조금 전에 휴대폰 보면서 걷다가 자전거랑 부딪혔어.
   나 괜찮아? 다친 데는 없어?

2) 가 어쩌다가 감기에 걸렸어?
   나 어제 티셔츠 하나만 입고 나갔다가 감기에 걸렸어.

3) 가 김치찌개는 어떻게 만들어요?
   나 먼저 돼지고기와 김치를 볶다가 물을 넣고 더 끓이면 됩니다.

4) 가 어제 동아리 뒤풀이 참석했어?
   나 응. 그런데 몸이 안 좋아서 갔다가 일찍 나왔어.

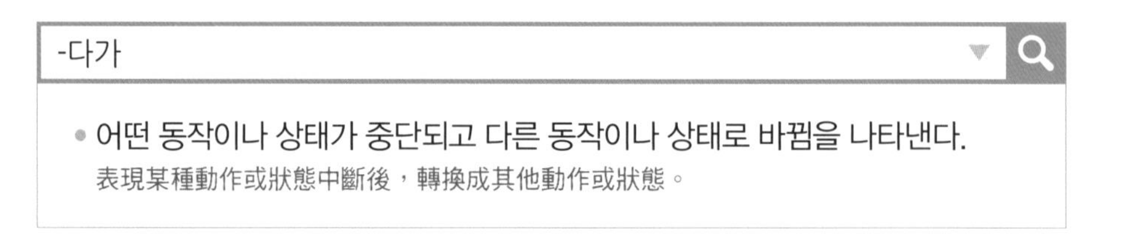

1 다음과 같이 이야기해 봐요.

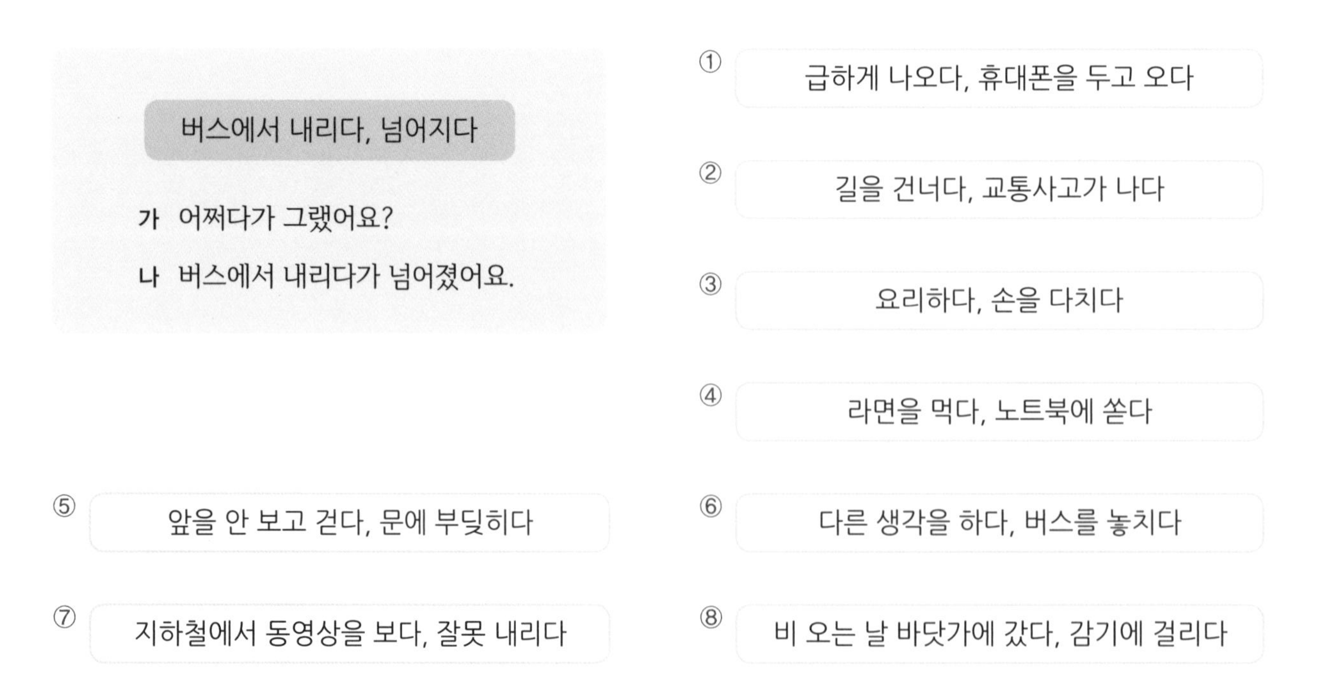

2 다음과 같이 이야기해 봐요.

책을 읽다가 잤어요.

3

어, 지갑이 어디 갔지?

없어요? 식당에 두고 왔나 봐요.

1) 가 어, 엘리베이터가 왜 이러지?
   나 고장 났나 봐. 그냥 걸어서 올라가자.

2) 가 어떡해. 나 택시에 휴대폰을 두고 내렸나 봐.
   나 지금 들고 있는 건 뭐야? 정신 차려. → 정신을 차리다 pull oneself together 打起精神、振作精神

3) 가 오늘도 벤 씨가 안 왔네요. 아픈가 봐요.
   나 제가 아까 전화해 봤는데 친구들이랑 여행갔대요.

4) 가 무함마드 씨 또 커피 마셔요? 커피를 많이 좋아하나 봐요.
나 커피를 안 마시면 졸려서 수업을 들을 수 없거든요.

졸리다 sleepy 睏、想睡

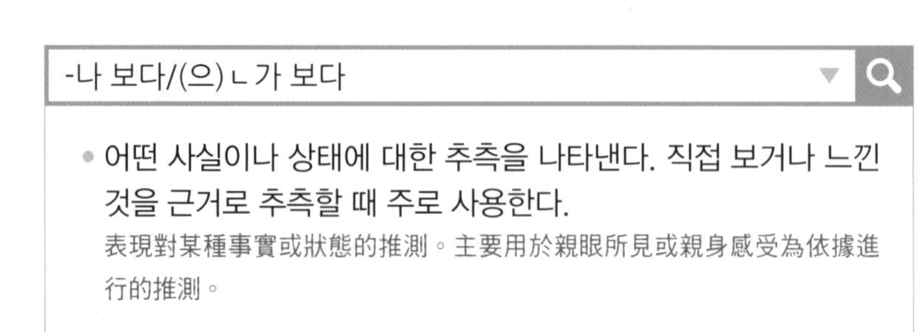
-나 보다/(으)ㄴ가 보다

- 어떤 사실이나 상태에 대한 추측을 나타낸다. 직접 보거나 느낀 것을 근거로 추측할 때 주로 사용한다.
  表現對某種事實或狀態的推測。主要用於親眼所見或親身感受為依據進行的推測。

1 다음과 같이 이야기해 봐요.

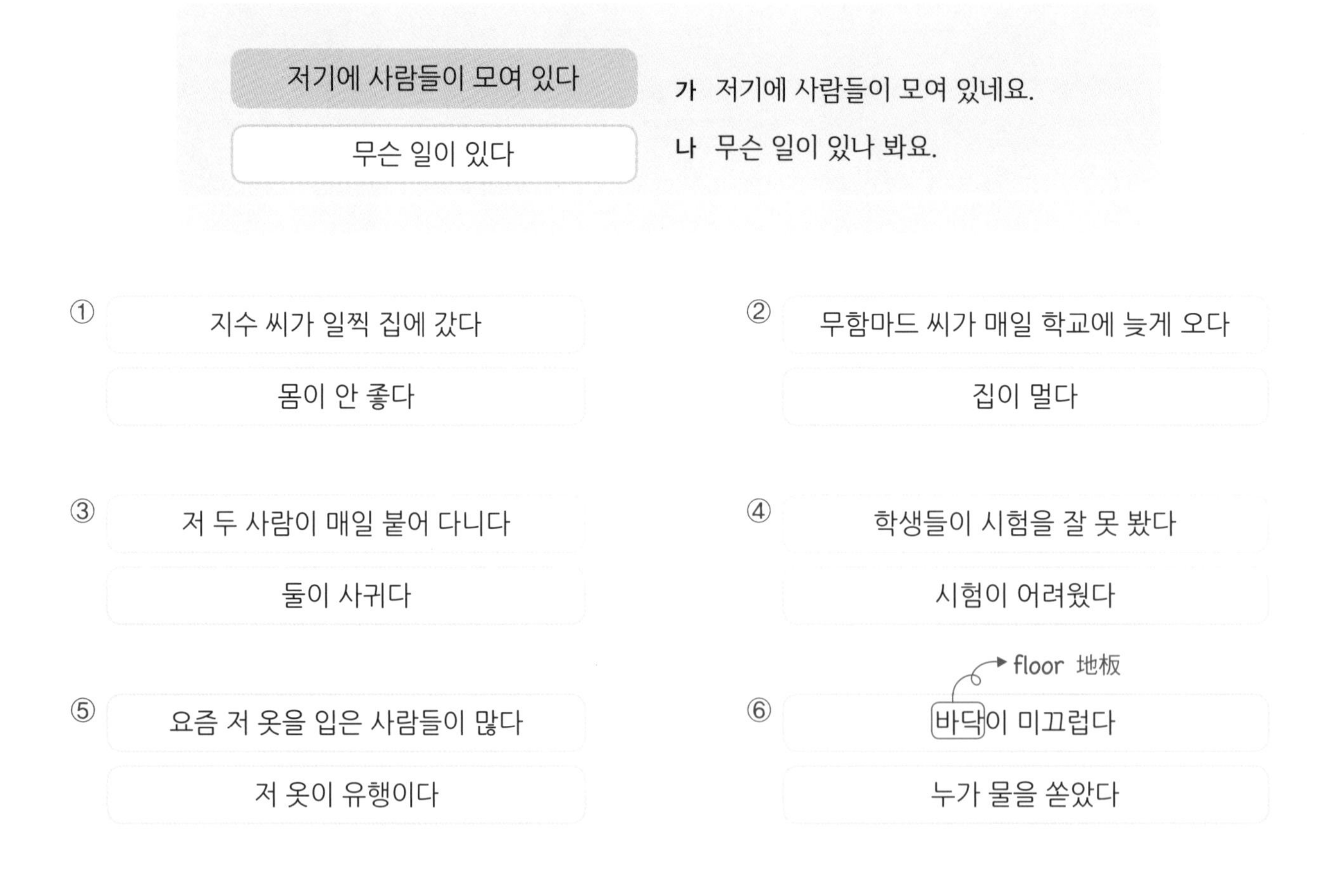

2 그림을 보고 다음과 같이 이야기해 봐요.

가 이 식당 음식이 맛있나 봐요. 기다리는 사람들이 많아요.

나 그러네요.

4

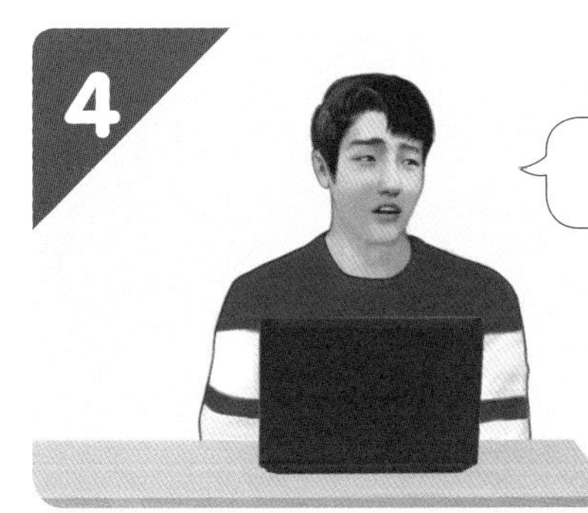

갑자기 노트북이 안 켜져요.

어떡해요. 고장 났나 봐요.

고장

깨지다

막히다

끊기다

멈추다

(안) 열리다

(안) 닫히다

(안) 켜지다

(안) 꺼지다

(안) 나오다

잘 (안) 들리다

잘 (안) 보이다

1) 가 미안. 내가 좀 전에 떨어뜨려서 컵이 깨졌어.
   나 뭐라고? 그거 내가 좋아하는 컵인데.

2) 가 여보세요? 제 말이 안 들리세요? 자꾸 전화가 끊기네요.
   나 여보세요, 여보세요?

3) 가 어, 갑자기 휴대폰이 꺼졌어.
   나 배터리가 다 된 거 아냐? 충전부터 해 봐.

   충전하다 recharge 充電

4) 가 저기요, 201호인데 따뜻한 물이 안 나와서요.
   나 불편을 드려서 죄송합니다. 빨리 확인해 드리겠습니다.

   확인하다 check 確認

1 다음과 같이 이야기해 봐요.

가 네, 무엇을 도와 드릴까요?

나 방에 불이 안 켜지는데요.

5

왜 이렇게 늦었어? 기차 놓칠 뻔했잖아.

미안해. 휴대폰을 집에 두고 와서 다시 갔다 왔어.

1) 가 어디 다쳤어요?
   나 좀 전에 계단에서 넘어졌는데 많이 아프지는 않아요.
   가 그래요? 큰일 날 뻔했네요.

2) 가 저 영화 너무 슬프죠? 용재 씨도 보다가 울었어요?
   나 아니요. 눈물이 나올 뻔했지만 참았어요.
   참다 hold back 忍住，忍耐

3) 가 많이 기다렸지? 미안해.
   나 왜 이렇게 늦었어? 배고파서 죽을 뻔했어.

-(으)ㄹ 뻔하다

- 어떤 일이 일어날 것 같았지만 결국 일어나지 않았음을 나타낸다.
  表現某事好像要發生，但最終沒有發生。

1 다음과 같이 이야기해 봐요.

길이 미끄러워서 넘어지다

가 왜 그래요? 무슨 일 있었어요?
나 길이 미끄러워서 넘어질 뻔했어요.

① 차가 막혀서 비행기를 놓치다
② 친구가 약속 시간에 늦어서 싸우다
③ 시계가 멈춰서 시험 시간에 늦다
④ 발표를 하다가 실수하다
⑤ 식당에 사람이 너무 많아서 못 먹다
⑥ 휴대폰을 보면서 걷다가 사고가 나다

2 여러분은 이런 경험이 있어요? 친구하고 이야기해 봐요.

한 번 더 연습해요

1 **다음 대화를 들어 보세요.** 

1) 여자에게 무슨 일이 있었어요?

2) 어쩌다가 이런 일이 생겼어요?

2 **다음 대화를 연습해 보세요.**

왜 그래? 무슨 일이야?

노트북이 고장 났나 봐.
안 켜져.

어쩌다가 그랬어?

커피를 마시다가 쏟았어.

어떡해. 조금 있다가 다시 켜 봐.

3 여러분도 이야기해 보세요.

1)

가	병원에 가 보다	나	다리가 부러졌다, 걸을 때 너무 아프다
			농구하다, 넘어졌다

2)

가	빨리 집에 가 보다	나	지갑을 집에 두고 왔다 아무리 찾아도 없다
			급하게 나오다, 깜박하고 안 가지고 온 것 같다

3)

가	서비스센터에 가 보다	나	휴대폰이 고장 났다 화면이 안 보이다
			운동하다, 떨어뜨렸다

4)

가	친구한테 연락해 보다	나	책을 잘못 가져왔다, 내 게 아니다
			너랑 전화하다, 옆 친구 걸 가지고 온 것 같다

이제 해 봐요

들어요

1 다음은 두 사람의 대화입니다. 잘 듣고 질문에 답해 보세요. 

1) 남자는 왜 당황했어요?

2) 들은 내용과 같은 것을 고르세요.

① 남자는 카페에서 지갑을 도둑 맞았습니다.

② 카페의 점원은 남자의 지갑을 찾아줬습니다.

③ 남자는 지갑이 없어서 식당에서 돈을 못 냈습니다.

읽어요

1 다음은 당황스러운 경험에 대해 쓴 글입니다. 잘 읽고 질문에 답해 보세요.

오늘은 여자 친구와 만난 지 1년이 되는 날이었습니다. 여자 친구가 갖고 싶어 하던 선물도 준비하고 사랑하는 마음을 담아 편지도 썼습니다. 특별한 이벤트를 해 주고 싶어서 여자 친구에게는 미리 말하지 않고 여자 친구의 집으로 갔습니다. 여자 친구가 집에 있을 줄 알았는데 불이 꺼져 있었고 여자 친구의 전화기도 꺼져 있었습니다. 처음에는 걱정이 되었는데 시간이 점점 지나니까 화가 나기 시작했습니다. 집으로 돌아갈 수도 없어서 여자 친구 집 앞에서 계속 기다렸습니다. 두 시간 후에 여자 친구가 왔습니다. 여자 친구는 나를 보고 울기 시작했습니다. 여자 친구는 나를 만나려고 우리 집에서 한 시간 동안 기다렸고, 전화기 배터리가 다 돼서 연락도 못한 것이었습니다. 서로의 얼굴을 보고 우리는 웃었습니다. 서로 ㉠같은 생각을 한 게 너무 행복하고 기뻤습니다.

1) '㉠같은 생각'은 어떤 생각이에요? 윗글에서 찾아 쓰세요.

2) 읽은 내용과 같으면 ○, 틀리면 ×에 표시하세요.

① 이 사람은 여자 친구와 미리 만나기로 약속했습니다. ○ ×

② 이 사람이 생일을 잊어버려서 여자 친구가 울었습니다. ○ ×

말해요

1 친구들하고 당황스러운 경험을 이야기해 보세요.

1) 여러분은 살면서 어떤 당황스러운 일이 있었어요? 생각해 보세요.

물건이 고장난 일　　다쳤던 일　　잃어버렸던 일

2) 언제, 어디에서 그런 일이 있었어요? 왜 그런 일이 생겼어요? 그래서 어떻게 했어요?

언제? 어디에서?

무엇을?

어떻게 하다가?

그래서?

3) 친구들하고 이야기하세요.

4) 가장 당황스러운 경험을 한 사람은 누구예요?

써요

1 당황스러운 경험에 대해 써 보세요.

1) 말하기에서 이야기한 내용을 바탕으로 글을 쓸 거예요. 어떤 순서로 쓸 거예요? 생각해 보세요.

2) 메모한 내용을 바탕으로 글을 쓰세요.

발음 소리 내어 읽기 2

- 다음을 읽어 보십시오. (094)

전보다 큰 집으로 이사를 가면서 그동안 써 오던 물건들을 바꾸기로 했다. 먼저 오래 써서 많이 낡은 가구를 바꿨는데 침대와 책장, 책상과 의자를 모두 새로 샀다. 가전제품은 냉장고와 에어컨은 전에 쓰던 것을 그대로 가져갔고 세탁기와 가스레인지, 전자레인지를 새로 구입했다. 인터넷에서 요즘 인기 있는 상품과 가격을 알아본 후 구입은 집 근처 대형 할인마트를 이용했다. 직접 가서 눈으로 보고 만져 본 후 결정했다. 마침 특별 할인 기간이라서 가격도 아주 저렴했고 배송과 설치도 무료로 해 주어서 아주 편리했다. 새로운 집에 새 가구와 새 물건들이 많아지니 남의 집에 있는 것처럼 조금 낯설기도 하다. 앞으로 펼쳐질 생활에 기대가 크다.

- 다시 읽으십시오. 이번에는 어디에서 쉬면 좋을지 표시한 후 읽으십시오.

- 다시 읽으십시오. 이번에는 틀리지 않고 빠른 시간 안에 읽어 보십시오.

자기 평가

이번 과 공부는 어땠어요? 별점을 매겨 보세요!

당황스러운 경험에 대해 이야기할 수 있어요?	☆ ☆ ☆ ☆ ☆

GH고려은행
번호표

10

생활비 관리

생각해 봐요 101

1 두 사람은 지금 무엇에 대해 이야기하고 있어요?

2 여러분은 생활비를 어디에 가장 많이 써요?

학습 목표 學習目標

생활비 관리나 소비 습관에 대해 이야기할 수 있다.

能針對生活費的管理或消費習慣進行談論。

- 수입과 지출, 생활비 항목, 소비 습관
- -느라고, 한국어의 문어(-다)

배워요

돈을 벌어서 써요?

아니요, 부모님께 받아서 써요.

수입과 지출

돈을 벌다

- 월급
- 아르바이트비
- 용돈

수입을 늘리다

돈을 쓰다

- 현금
- 체크 카드
- 신용 카드

돈을 아끼다

- 포인트 적립
- 할인 쿠폰
- 중고품 구입

돈을 모으다

- 저축
- 통장

지출을 줄이다

1) 가 생활비를 어떻게 마련해요? (마련하다 prepare 準備)
   나 아르바이트해서 벌어요. 부모님께 가끔 용돈도 받고요.

2) 가 모두 사만 오천 원입니다.
   나 카드로 할게요. 그리고 포인트 적립해 주세요.

3) 가 어떻게 하면 돈을 잘 모을 수 있을까요?
   나 저는 지출을 줄이는 게 제일 좋은 방법인 것 같아요.

생활비를 어디에 제일 많이 써요?

저는 식비에 많이 쓰는 편이에요.

1 여러분은 생활비를 어떻게 마련해요? 여러분은 생활비를 어디에 제일 많이 쓰고 어디에 제일 조금 써요? 친구하고 이야기해 봐요.

1) 가 게임하느라고 이번 달 용돈을 거의 다 썼는데 어쩌지?
   나 용돈 받은 지 아직 일주일도 안 됐는데? 제발 게임 좀 줄여.

2) 가 웨이 씨, 웨이 씨?
   나 어, 미안해요. 책 읽느라고 부르는 소리를 못 들었어요.

3) 가 졸려요? 아까부터 계속 하품만 하고. (하품 → yawn 哈欠)
   나 어제 영화 보느라고 잠을 못 잤거든요.

4) 가 하준이는 요즘 뭐 해?
   나 취직 준비하느라고 많이 바쁜 것 같아.

-느라고

- 앞의 내용이 뒤의 내용에 대한 원인이나 목적임을 나타낸다.
  表現前面的內容是後面內容的原因或目的。

1 다음과 같이 이야기해 봐요.

모임에 안 오다 / 늦게까지 일하다

가 왜 모임에 안 왔어요?
나 늦게까지 일하느라고 모임에 못 갔어요.

① 전화를 안 받다 / 씻다
② 아침을 못 먹다 / 늦게까지 자다
③ 학교에 안 오다 / 병원에 가다
④ 돈을 못 모으다 / 차를 사다
⑤ 방학에 고향에 안 가다 / 아르바이트를 하다
⑥ 잠을 못 자다 / 발표 자료를 만들다

2 다음과 같이 이야기해 봐요.

아르바이트하다, 좀 힘들다	가 요즘 어떻게 지내요? 나 아르바이트하느라고 좀 힘들어요.

① 새로운 외국어를 배우다, 조금 바쁘다

② 대학교 지원 준비를 하다, 정신이 없다

③ 취직할 곳을 알아보다, 시간이 부족하다

④ 생활비를 벌다, 쉴 시간이 없다

3 여러분은 최근에 다른 일을 하느라고 못 한 일이 있어요? 정신이 없거나 힘든 일이 있어요? 친구하고 이야기해 봐요.

3

어떻게 하면 생활비를 줄일 수 있을까요?

가계부를 쓰면 생활비를 많이 줄일 수 있어.

소비 습관

아껴 쓰다

계획을 세워서 돈을 쓰다 / 가격을 비교해 보고 사다 / 가계부를 쓰다 / 저축을 먼저 하다 / 신용 카드를 쓰지 않다

아껴 쓰지 않다

돈을 펑펑 쓰다 / 낭비하다 / 충동구매를 하다

1) 가 나 이거 살래. 나중에 쓸데가 있을 것 같아.
   나 지금 필요하지 않으면 사지 마. 앞으론 충동구매 안 하기로 약속했잖아.

2) 가 직장 생활을 한 지 삼 년이 되는데 모은 돈이 하나도 없어.
   나 저축을 먼저 한 후에 남은 돈으로 생활하는 연습을 해 봐.

1 다음과 같이 이야기해 봐요.

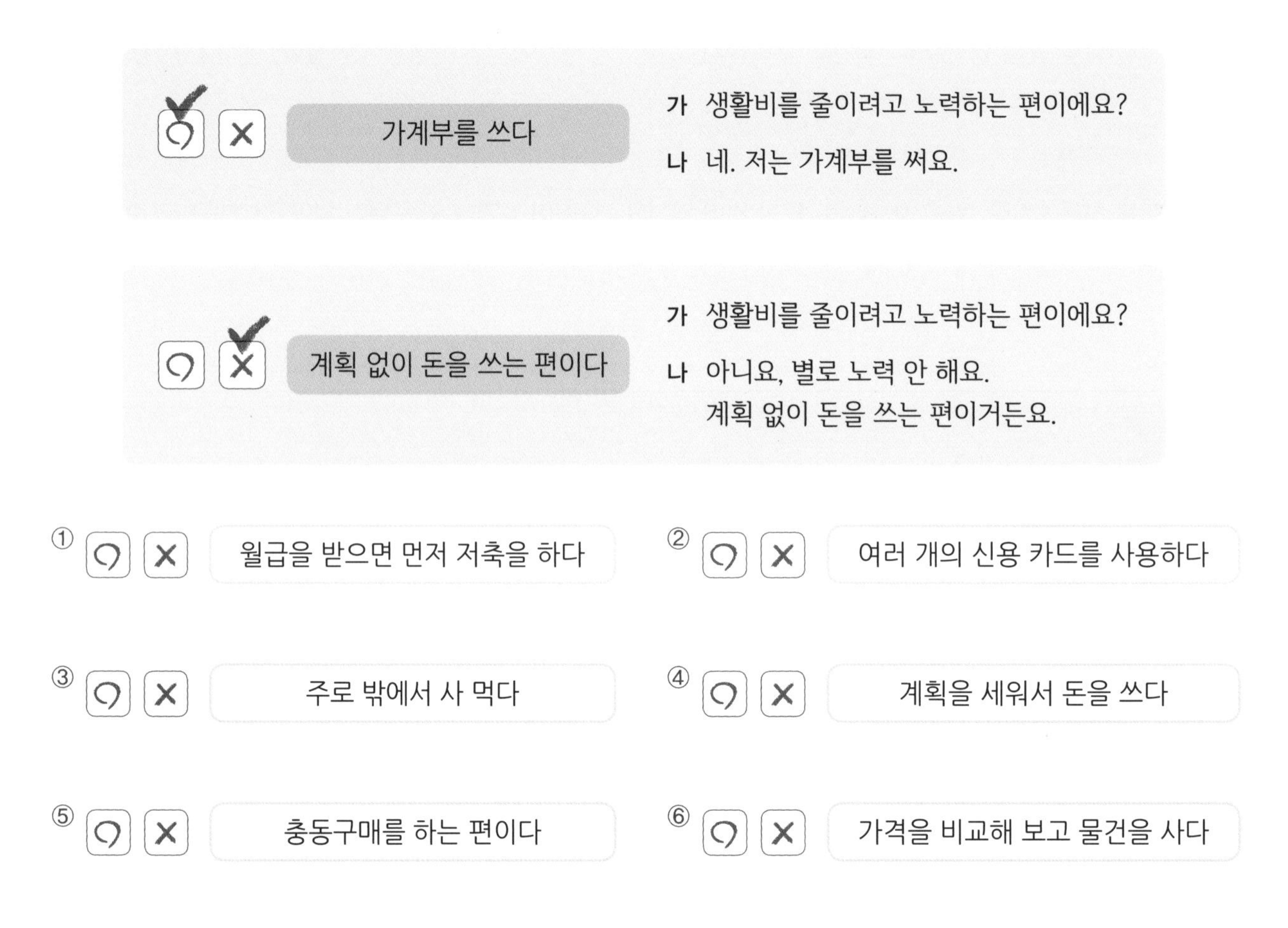

2 여러분의 소비 습관은 어때요? 생활비를 아끼려고 어떤 노력을 하고 있어요? 친구하고 이야기해 봐요.

4

"지금 안 사면 평생 못 산다"
주택 부담에 30대 대출액 급증

최근 2년간 시중 은행에서 받은 대출액이 가장 많은 나잇대는 30대인 것으로 드러났다.

★ 가전업계, 겨울 특화 기능 속속 탑재
장마철 대표 가전이었던 건조기는 요즘 겨울철 최고 인기 품목으로 떠올랐다. 날이 추운 데다 실내에 빨래 건조대를 두기 꺼려하는 트렌드 변화 때문이다. 또 추운 날씨 탓에 이불을 밖에서 털기

한국어의 문어 韓語的書面語

- 한국어 구어와 문어의 가장 큰 차이는 문말 어미이다. 구어에서는 대화 상대, 대화 상황에 따라 '-어요', '-어', '-습니다' 등의 문말 어미가 사용되고 문어에서는 '-다'가 사용된다.
  韓語口語和書面語的最大差異是句末語尾。口語中根據對話對象、對話情況使用「-어요」、「-어」、「-습니다」等句末語尾，而書面語中使用「-다」。
- '-다'는 어떤 사건이나 상태를 서술하는 기능을 한다.
  「-다」具有敘述某事件或狀態的功能。
- 문말 어미로 '-다'를 사용할 때는 '저, 저희'는 '나, 우리'가 된다.
  如果用「-다」作為句末語尾，「저」、「저희」就要換成「나」、「우리」。

현재 現在

동사 動詞	받침이 있을 때 有尾音時	-는다	읽는다
	받침이 없거나 'ㄹ' 받침일 때 沒有尾音或ㄹ尾音時	-ㄴ다	운동한다 논다
형용사 形容詞	받침이 있을 때 有尾音時	-다	가볍다
	받침이 없거나 'ㄹ' 받침일 때 沒有尾音或ㄹ尾音時		필요하다 길다
명사 名詞	받침이 있을 때 有尾音時	이다	기름값이다
	받침이 없을 때 沒有尾音時		교통비이다

1) 생활비를 잘 관리하는 사람들은 식비를 적게 쓴다. 그래서 집에서 음식을 만들어 먹는다.
2) 나는 아르바이트를 해서 생활비를 번다. 그런데 밤늦게까지 일을 해서 아주 힘들다.
3) 우리 학교 기숙사는 방이 너무 작다. 그리고 부엌도 없어서 많이 불편하다.
4) 내 이름은 너무 촌스러운 것 같다. 그래서 내 이름을 바꾸고 싶다.
5) 튀긴 음식은 건강에 좋지 않다. 그래서 자주 먹지 않는다.

1 다음과 같이 바꿔 써 봐요.

제 이름은 왕웨이예요. 저는 지금 고려대학교에서 한국어를 공부하고 있어요.

내 이름은 왕웨이이다. 나는 지금 고려대학교에서 한국어를 공부하고 있다.

① 요즘 이사할 집을 찾고 있어요. 학교에서 가깝고 월세가 싼 집을 구하고 싶어요.

② 새로 옮긴 회사는 집에서 멀어요. 그래서 출근 시간이 오래 걸려요.

③ 밖에 바람이 많이 불어요. 내일은 오늘보다 더 추울 것 같아요.

④ 제 취미는 음악을 듣는 거예요. 음악을 들으면서 청소도 하고 책도 읽어요.

⑤ 교통비를 아끼려는 사람들은 택시를 많이 타지 않아요. 가까운 거리는 주로 걸어요.

⑥ 대학 입학 준비 때문에 이번 방학에도 고향에 못 가요. 부모님께서 저를 너무 만나고 싶어 하세요.

과거 過去

동사 動詞 **형용사** 形容詞	'ㅏ/ㅗ'일 때 是「ㅏ/ㅗ」時	-았다	놀았다, 작았다
	'ㅏ/ㅗ'가 아닐 때 不是「ㅏ/ㅗ」時	-었다	먹었다, 적었다
	'하다'일 때 是「하다」時	-였다	필요하였다 → 필요했다
명사 名詞	받침이 있을 때 有尾音時	이었다	학생이었다
	받침이 없을 때 沒有尾音時	였다	가수였다

1) 가계부를 쓰고 나서 생활비를 많이 줄일 수 있었다. 그래서 이번 달에도 돈이 조금 남았다.

2) 예전에는 사람들이 현금을 많이 사용했다. 요즘은 모바일 카드를 사용하는 사람이 많아졌다.

3) 내가 한국에 처음 왔을 때는 가을이었다. 고향보다 날씨가 추워서 많이 힘들었다.

4) 지난주는 휴가였다. 나는 친구들과 유명한 관광지에 가서 맛있는 음식도 먹었다. 정말 재미있었다.

5) 요즘에 핸드폰을 보느라고 책을 전혀 읽지 않았다. 앞으로는 하루에 30분 이상 책을 읽기로 했다.

2 다음과 같이 바꿔 써 봐요.

한국에 온 지 반년이 지났어요. 한국 친구가 많이 생겼어요. 그리고 한국어도 잘하게 되었어요.

한국에 온 지 반년이 지났다. 한국 친구가 많이 생겼다. 그리고 한국어도 잘하게 되었다.

① 지금까지 부모님한테서 용돈을 받아서 생활했어요. 빨리 돈을 벌어서 부모님께 용돈을 드리고 싶어요.

② 고향에 있을 때는 돈을 아껴 쓰지 않았어요. 사고 싶은 게 있으면 바로 사는 편이었어요.

③ 한국의 겨울이 이렇게 추울 줄 몰랐어요. 그래서 겨울옷을 거의 가지고 오지 않았어요.

④ 제주도는 오랫동안 외국인에게 많은 사랑을 받는 여행지였어요. 요즘도 인기가 많아요.

⑤ 집 근처에 자주 가던 식당이 문을 닫았어요. 맛도 있고 음식값도 싸서 좋아했는데 너무 아쉬워요.

⑥ 갑자기 날씨가 이상해졌어요. 하늘에 구름이 잔뜩 끼었어요. 곧 비가 내릴 것 같아요.

예정이나 계획, 추측 預定或計畫、推測

품사	조건	형태	예
동사 動詞 / 형용사 形容詞	받침이 있을 때 有尾音時	-을 것이다	먹을 것이다
	받침이 없거나 'ㄹ' 받침일 때 沒有尾音或 尾音時	-ㄹ 것이다	흐릴 것이다 벌 것이다
명사 名詞	받침이 있을 때 有尾音時	일 것이다	학생일 것이다
	받침이 없을 때 沒有尾音時		의사일 것이다

1) 앞으로는 돈이 생기면 제일 먼저 저축을 할 것이다. 저축을 하고 남은 돈으로 생활해 보려고 한다.

2) 돈을 펑펑 쓰는 것도 아닌데 생활비가 늘 부족하다. 앞으로는 계획을 세워서 돈을 쓸 것이다.

3) 수업에 집중하려면 아침을 먹는 것이 좋다. 그래서 앞으로는 아침을 꼭 먹을 것이다.

4) 다음 달에 친구들과 유럽에 가려고 한다. 우리는 유명한 관광지를 구경할 것이다. 재미있었으면 좋겠다.

5) 눈이 많이 내린다. 기온이 낮아서 눈은 금방 얼 것이다. 그러면 길도 많이 미끄러울 것이다.

얼다 freeze 結冰、結凍

3 다음과 같이 바꿔 써 봐요.

저는 앞으로 작가가 될 거예요. 그래서 책도 많이 읽고 글 쓰는 연습도 많이 할 거예요.

나는 앞으로 작가가 될 것이다. 그래서 책도 많이 읽고 글 쓰는 연습도 많이 할 것이다.

① 내일은 제 첫 월급날이에요. 월급을 받으면 먼저 저축부터 할 거예요.

② 주말부터 백화점에서 할인 행사를 할 거예요. 물건을 싸게 구입할 수 있을 거예요.

③ 비가 그치면 기온이 많이 내려갈 거예요. 내일 아침에는 얼음이 어는 곳도 있을 거예요.

④ 저는 춤추는 것을 좋아해요. 그래서 댄스 동아리에 가입하려고 해요. 여러 사람이 같이 춤을 추면 훨씬 더 재미있을 거예요.

한 번 더 연습해요

1 다음 대화를 들어 보세요. 

1) 두 사람은 지금 무엇에 대해 이야기를 해요?

2) 하준 씨는 어디에 돈을 제일 많이 써요?

2 다음 대화를 연습해 보세요.

하준 씨는 생활비를 어떻게 마련해요?

부모님께 용돈을 받아요.

그럼 관리는 어떻게 해요?

돈을 낭비하지 않으려고 가계부를 써요.

어디에 생활비를 제일 많이 써요?

식비에 제일 많이 쓰는 것 같아요.

문화생활비도 많이 써요?

친구들하고 맛있는 거 사 먹느라고 문화생활은 거의 못 해요.

3 여러분도 이야기해 보세요.

1)

아르바이트를 하다

나

생활비를 줄이다,
필요한 물건만 사다

월세

월세를 내다

2)

용돈을 받다, 아르바이트를 하다

나

충동구매를 하지 않다,
계획을 세워서 돈을 쓰다

교육비

학비를 내다

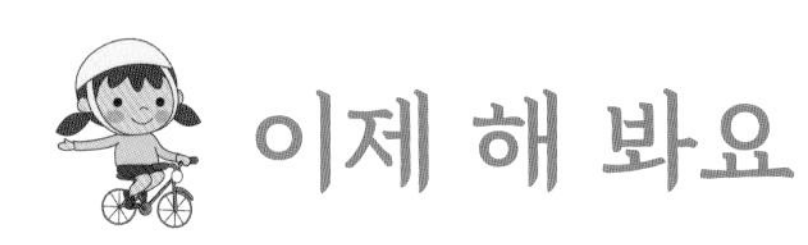

이제 해 봐요

들어요

1 다음은 소비 습관에 대한 두 사람의 대화입니다. 잘 듣고 질문에 답해 보세요. 

1) 남자의 소비 습관으로 알맞은 것을 고르세요.

① 가격을 비교해서 싼 물건만 구입한다.

② 계획을 세워서 필요한 곳에 돈을 쓴다.

③ 필요 없는 물건도 충동적으로 살 때가 많다.

2) 들은 내용과 같으면 ◯, 다르면 ✕에 표시하세요.

① 남자는 부모님한테서 용돈을 받는다. ◯ ✕

② 남자는 중고품이 아닌 새 오토바이를 사려고 한다. ◯ ✕

읽어요

1 다음을 잘 읽고 질문에 답해 보세요.

늘다 increase 增加

수입은 정해져 있는데 돈을 써야 할 곳은 계속 늘는다. 이럴 때 좀 더 깊이 생각하고 부지런하게 움직이면 지출을 줄여서 돈을 모을 수 있는 방법이 있다.

첫 번째는 식비를 줄이는 것이다. 가장 좋은 방법은 외식이나 음식 구매 비용을 줄이는 것인데 특히 음식 배달 앱의 이용을 줄여야 한다. 배달 앱을 이용하게 되면 평소에 먹는 것보다 많은 음식을 시키게 되고 음식값에 배달 요금까지 더해져 돈을 많이 쓰게 된다. 조금은 불편하고 힘들어도 직접 음식을 해 먹으면 식비를 반 이상 아낄 수 있다.

두 번째는 (㉠). 충동적으로 물건을 사지 않으려면 계획을 세워서 소비하는 습관을 길러야 한다. 그리고 사고 싶은 물건이 있을 때 바로 사지 않고 구매를 조금 미루는 것도 좋은 방법이다. 이렇게 하면 물건을 사는 이유에 대해 더 생각하게 되어 충동구매를 줄일 수 있다.

1) 무엇에 대한 글이에요? 글의 제목을 쓰세요.

2) ㉠에 들어갈 알맞은 말을 쓰세요.

말해요

1 생활비 관리 방법과 소비 습관에 대해 이야기해 보세요.

1) 여러분은 생활비를 어떻게 마련해요?

2) 생활비를 어디에 제일 많이 쓰고 어디에 제일 적게 써요? 한 달에 얼마쯤 써요?

3) 여러분의 소비 습관은 어때요? 계획적으로 쓰는 편이에요? 충동적으로 쓰는 편이에요?

4) 자신의 소비 습관 중 고치고 싶은 것이 있어요? 무엇이에요? 왜 그렇게 생각해요?

5) 자신의 소비 습관 중 다른 사람에게 추천하고 싶은 것이 있어요? 무엇이에요? 왜 그렇게 생각해요?

1 자신의 생활비 관리 방법과 소비 습관에 대해 써 보세요.

1) 말하기에서 이야기한 내용을 바탕으로 글을 쓰세요. 이때 문어의 특징이 드러나게 쓰세요.

문화 할인 카드와 쿠폰

- 다음은 물건을 살 때 같이 사용하면 좋은 카드입니다. 여러분은 이런 카드가 있습니까?

할인 카드는 물건을 살 때에 할인을 해 주는 카드이고 **포인트 카드**는 사용할 때마다 포인트(점수)가 쌓이는 카드입니다.

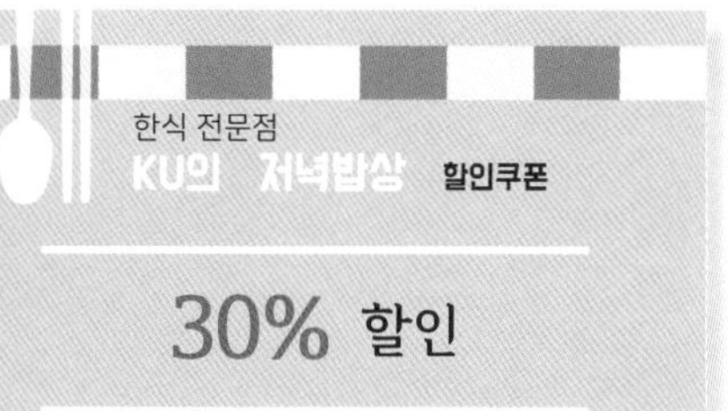

쿠폰은 물건을 살 때마다 도장을 받거나 표를 받아서 나중에 현금처럼 사용할 수 있는 종이를 말합니다.

- 이런 카드를 쓸 때 들어야 하는 표현을 확인하십시오.

  - "포인트 카드나 할인 카드 있으세요?"
  - "적립하시겠어요?"
  - "쿠폰 있으시면 찍어 드릴게요."

- 여러분의 나라에도 이런 것들이 있습니까?

자기 평가

이번 과 공부는 어땠어요? 별점을 매겨 보세요!

생활비 관리나 소비 습관에 대해 이야기할 수 있어요?	

정답

1과 첫 모임

들어요

1) ① ✕　　② ○
2) ③

읽어요

1) 지난달에 TV에서 ~ 잘했기 때문입니다.
2) ②

2과 날씨의 변화

들어요

1) ③
2) ① ○　　② ✕

읽어요

1)

산 입구	산 정상
안개가 끼다 (땅이 젖어 있다)	화창하다 바람이 불다 (구름이 없다)

2) ① ○　　② ✕

3과 새로운 생활

들어요

1) 6개월
2) ②

읽어요

1) 처음 : 고시원 – 너무 작다
지금 : 기숙사 – 넓지만 음식을 해 먹을 수 없어서 불편하다
이사할 곳 : 원룸 – 방도 크고 부엌이 있다
2) ① ○　　② ✕

4과 나의 성향

들어요

1) ②, ③
2) ①

읽어요

1) ②
2) ① ○　② ✕

5과 여행 계획

배워요

들어요

1) ① ✕ ② ✕
2) ②

읽어요

1) 강릉 근처의 바닷가
2) ① ✕ ② ○ ③ ○

6과 생활용품 구입

들어요

1) 남자 – 성능
   여자 – 가격
2) ③

읽어요

1) 디자인
2) 성능

7과 내게 특별한 사람

들어요

1) ③
2) 뭐든지 열심히 해서

읽어요

1) 조용한 사람
2) ②

8과 일상의 변화

들어요

1) ①
2) ③

읽어요

1) ②
2) ②

9과 당황스러운 일

들어요

1) 지갑이 없어져서
2) ②

읽어요

1) 특별한 이벤트를 해 주고 싶은 생각
2) ① ✕ ② ✕

10과 생활비 관리

들어요

1) ②
2) ① ○ ② ○

읽어요

1) 돈을 모으는 방법
2) 충동구매를 하지 않는 것이다

듣기 지문

1과 첫 모임

011 생각해 봐요

슬기 오늘 처음 온 신입 회원을 소개하겠습니다.
자기소개 부탁드려요.

바트 안녕하십니까? 저는 바트 엥흐바야르입니다.
앞으로 동아리 활동 열심히 하겠습니다.

012 한 번 더 연습해요

슬기 자기소개 좀 부탁드립니다.

바트 안녕하십니까? 저는 몽골에서 온 바트 엥흐바야르입니다. 어릴 때부터 운동을 좋아해서 태권도에도 관심이 있었습니다.
앞으로 열심히 활동하겠습니다.

슬기 네, 열심히 활동하기를 바랄게요.

013 이제 해 봐요

남 안녕하세요? 동아리 가입하고 싶어서 왔는데요.

여 어서 오세요. 여기 가입 신청서 작성해 주시겠어요?
그런데 저희 동아리는 어떻게 알고 오셨어요?

남 학교 홈페이지에서 찾아봤어요. 제가 원래 한국 미술에 관심이 많아서 미술 동아리를 찾고 있었어요.

여 잘 오셨어요. 저는 이 동아리 총무 신세경이에요.

남 아, 그러세요? 만나서 반갑습니다. 총무님이시면 회비도 받으시겠네요. 회비는 얼마예요?

여 회비요? 신입 회원한테는 안 받아요. 안 내셔도 됩니다. 내일 저녁에 신입 회원 환영회가 있는데 참석할 수 있어요?

남 내일 저녁이요? 참석할 수 있어요.

여 잘됐네요. 여기 신청서에 연락처도 써 주세요. 거기로 연락드릴게요.

2과 날씨의 변화

021 생각해 봐요

하준 바람이 많이 부네요.

줄리 그러게요. 바람이 불어서 좀 추워요.

하준 지난주까지는 괜찮았는데 이제 낮에도 좀 춥네요.

022 한 번 더 연습해요

줄리 날씨가 따뜻하네요.

하준 네, 어제보다 따뜻해졌어요.

줄리 내일도 이렇게 따뜻할까요?

하준 네, 따뜻할 것 같아요.

023 이제 해 봐요

여 어젯밤에 잘 잤어요? 비가 너무 와서 잠을 잘 못 잤어요.

남 그랬어요? 저는 전혀 모르고 잘 잤어요.

여 진짜요? 어제 천둥 번개도 치고 정말 시끄러웠는데.

남 제가 한번 자면 옆에서 무슨 소리가 나도 몰라요.
그런데 비가 생각보다 자주 오네요.

여 그러게요. 원래 봄에 이렇게 많이 오지 않았는데.

남 이게 태풍은 아니죠?

여 아니에요. 태풍은 보통 8월이나 9월에 많이 와요.

남 그래도 오늘은 비가 내리고 난 후라서 공기도 정말 깨끗하고 좋네요.

여 맞아요. 이렇게 화창한 날씨도 오랜만인 것 같아요.

3과 새로운 생활

031 생각해 봐요

두엔 웨이, 혼자 지내는 건 괜찮아?
웨이 응. 많이 익숙해졌는데 혼자 밥 먹을 때는 가족 생각이 많이 나.

032 한 번 더 연습해요

바트 두엔 씨는 한국에 온 지 얼마나 됐어요?
두엔 이제 6개월 됐어요. 바트 씨는요?
바트 저는 이제 한 달 되었어요. 두엔 씨는 어디에서 살아요?
두엔 얼마 전에 원룸으로 이사했어요. 전에는 기숙사에서 살았는데 방이 너무 작아서 불편했거든요.
바트 그러면 밥은 어떻게 해요?
두엔 요리할 시간이 없어서 주로 사 먹어요.

033 이제 해 봐요

여 벤, 여기야. 잘 지냈어? 정말 오랜만이다.
남 응. 너도 잘 지냈어?
여 그럼. 우리 미국 공항에서 마지막으로 보고 처음 보는 거지? 너 여기에 언제 왔지? 3월인가?
남 아니, 2월에 왔어. 온 지 벌써 6개월이야.
여 그렇구나. 내가 너무 늦게 연락해서 미안해.
한국 생활은 많이 익숙해졌어?
남 그런 것 같아. 별로 불편한 것도 없고 재미있어.
여 다행이네. 미국에서 봤을 때보다 한국어는 훨씬 잘하는 것 같은데.
남 당연하지. 하루에 네 시간씩 한국어를 배우고 있는데 못 하면 안 되지.
여 네네. 그럼 맛있는 한국 음식도 다 먹어 봤겠네요?
남 아니야. 맛집도 잘 모르고, 주로 편의점 음식만 사 먹고 있어.
여 그래? 그럼 오늘 내가 진짜 맛있는 식당으로 안내할게.

4과 나의 성향

041 생각해 봐요

나쓰미 우리 발표 전에 이날 한 번 더 만날까요?
무함마드 네. 근데 나쓰미 씨는 이렇게 할 일을 다 메모해 놔요?
나쓰미 그래야 잊어버리지 않고 제때 할 수 있거든요.

042 한 번 더 연습해요

지아 바트 씨는 결정을 할 때 어때요?
바트 저는 좀 충동적인 편이라서 결정을 빨리 해요.
지아 아, 그래요? 몰랐어요.
바트 지아 씨는 어때요?
지아 저는 걱정이 많은 편이라서 결정을 쉽게 못 해요.

043 이제 해 봐요

남 저장, 첨부 파일, 보내기! 끝. 다했다.
여 다했어? 고생했네.
남 너는? 너도 숙제 벌써 보냈어?
여 아니, 아직 안 보냈어. 작성은 다했는데 다시 한번 보고 보내려고. 실수가 있을 수도 있어서.
남 근데 오늘 여섯 시까지 아냐? 이제 한 시간도 안 남았는데 괜찮아?
여 괜찮아. 차 한 잔 마시고 새로운 마음으로 읽어 볼 시간, 충분해.
남 너 진짜 대단하다. 난 제출할 시간이 가까워지면 걱정돼서 그냥 보낼 때가 많은데. 그래서 실수도 많고.
여 미리 미리 하는 것도 좋은데 급하게 하는 것보다 실수 없이 하는 게 더 중요한 것 같아.
남 맞는 말이야. 앞으로 너 하는 것 보고 배워야겠다. 잘 가르쳐 줘.

5과 여행 계획

051 생각해 봐요

지아 그럼 기차표는 됐고, 숙소는 여기 어때?
줄리 넓고 좋네. 여기로 예약하자.

052 한 번 더 연습해요

카밀라 우리 어디로 여행 가면 좋을까?
두엔 경주 어때? 경치가 아름다워서 좋을 것 같은데.
카밀라 그런데 경주는 여기에서 먼데 괜찮을까?
두엔 멀어도 가자.
카밀라 그래. 그럼 경주에 가는 기차표부터 끊자.

053 이제 해 봐요

남 나은아, 우리 연말에 가족 여행 가기로 한 거, 국내로 가야 할 것 같아.
여 왜? 이번에는 해외여행 가기로 했잖아.
남 아직 항공권도 예약 안 했는데, 준비 시간이 너무 없어. 그리고 연말 전까지 오빠가 많이 바빠서 여행 계획도 잘 못 짤 것 같고.
여 그럼 패키지여행으로 가면 안 돼? 우리가 준비 안 해도 되잖아.
남 패키지여행은 아침부터 저녁까지 바쁘게 따라다녀야 해서 좀 힘들 거야. 쉬려고 여행 가는 건데.
여 힝. 그럼 국내 어디로 갈 거야?
남 지금 생각에는 강원도 바다 있는 데로 가면 좋을 것 같아. 이번에는 네가 여행 계획 한번 짜 볼래? 국내라서 많이 어렵지 않을 거야.
여 그럴까? 재미있겠다. 그럼 무엇부터 하면 돼, 오빠?
남 음, 교통편은 많이 있어서 급하지 않을 것 같고, 숙소 먼저 찾아봐. 그리고 근처에 있는 맛집도 한번 알아볼래?

발음

3과 소리 내어 읽기 1

034 이곳에 살기 시작한 지 삼 년이 되었습니다. 처음에는 말도 통하지 않고 친구도 없어서 많이 외로웠습니다. 무엇보다 음식이 달라서 힘들었습니다. 우리 고향에서는 고기와 감자를 주로 먹는데 여기는 해산물과 채소를 많이 먹습니다. 바다가 가까워서 해산물을 쉽게 구할 수 있기 때문입니다. 그리고 조리 방법도 차이가 있습니다. 우리 고향에서는 굽거나 튀기는 요리가 많은데 여기는 재료 그대로 먹는 경우가 많습니다. 일 년 내내 기온이 높아서 간단히 요리해서 빨리 먹을 수 있는 음식을 좋아하는 것 같습니다. 덕분에 이곳에 온 후로 몸이 많이 가벼워지고 건강해졌습니다.

4과 ㅢ

044 가 의사 선생님 지금 안에 계세요?
나 지금 회의 중이세요.
가 그럼 이것 좀 선생님께 전해 주시겠어요? 감사의 마음을 담은 선물이에요.

045
1) 주말에 두엔의 집에서 놀기로 했어요.
2) 그 강의에 저희들도 참석해도 됩니까?
3) 저기 줄무늬 옷을 입은 사람이 국회의원이에요.
4) 어린이의 꿈과 희망을 이뤄 주는 사람이 되고 싶어요.

6과 생활용품 구입

061 생각해 봐요

바트 이것보다 이게 더 비싼데 뭐가 달라요?

점원 이쪽 제품이 성능도 더 좋고요. 가벼워서 사용하기도 편하실 거예요.

바트 그래요? 그럼 이걸로 해야겠네요.

062 한 번 더 연습해요

점원 이 전자레인지는 어떠세요?
기능이 다양해서 요즘 가장 인기가 많아요.

다니엘 이건 사용하기 불편할 것 같으니까
다른 것도 좀 보여 주시겠어요?

점원 그럼 이건 어떠세요?
실용적이라서 사용하기 편하실 거예요.

다니엘 이게 마음에 드네요. 이걸로 할게요.

063 이제 해 봐요

여 어, 노트북 새로 샀어요?

남 네.

여 저 좀 봐도 돼요?

남 네.

여 진짜 가볍네요. 이거 비싸겠어요?

남 네. 성능 좋고 가벼운 걸로 사려니까 좀 비싸더라고요.

여 그래요? 저도 노트북 사야 하는데 이건 못 사겠네요. 저는 성능보다 가격이 중요하거든요. 노트북 성능은 다 비슷하지 않아요?

남 저도 그럴 줄 알고 지난번에 가격만 보고 샀는데 써 보니까 아니더라고요. 너무 저렴한 것을 사니까 고장도 자주 나고, 무엇보다 무거워서 가지고 다니기 불편했어요. 노트북 사서 집에서만 쓸 거예요?

여 그건 아니죠. 학교에도 자주 가지고 다녀야 되는데.

남 그러니까요. 그래도 가격이 중요하면 인터넷에서 알아보세요. 할인 상품도 많더라고요.

여 그래요? 그럼 인터넷 검색부터 해 봐야겠네요.

7과 내게 특별한 사람

071 생각해 봐요

두엔 어, 저기 봐! 제이 사진으로 바뀌었어.

줄리 그러네. 지난번 콘서트 때 사진이네.

두엔 그래. 우리 그때 거기 있었잖아.

072 한 번 더 연습해요

지아 카밀라, 한국 사람하고 사귀어 본 적이 있어?

카밀라 응, 사귀어 본 적 있어.

지아 어떻게 사귀게 됐어?

카밀라 SNS로 알게 되었는데 자주 이야기하다 보니 사귀게 됐어.

073 이제 해 봐요

남 대리님, 컴퓨터 화면이? 이거 가수 엘리 아니에요? 엘리 좋아하세요?

여 네. 저 팬클럽에도 가입한 진짜 팬이에요. 다음 달에 첫 콘서트가 있는데 거기도 갈 거고요.

남 그러세요? 연예인들한테 전혀 관심 없는 줄 알았어요.

여 그랬죠. 전에는. 콘서트에 가 본 적도 없고. 지금은 엘리가 제 삶의 기쁨이에요.

남 뭐가 그렇게 좋아요? 예쁘고 귀여워서?

여 그런 것도 있지만 뭐든지 열심히 하는 모습에 반했어요. 우연히 티브이를 보는데, 어떤 여자 중학생이 너무 열심히 춤 연습을 하는 거예요. 처음에는 정말 못 췄는데 며칠 지나니까 제일 잘하더라고요. 감동이었죠. 그 후 가수로 데뷔도 하고 영화도 찍고….

남 그럼, 가수 데뷔 전부터 알고 계신 거네요.

여 그런 거죠. 저도 이렇게 연예인에게 푹 빠질 줄 몰랐어요. 그래도 보고 있으면 행복해지고 자꾸 웃게 되니까 안 좋아할 수가 없어요.

8과 일상의 변화

081 생각해 봐요

다니엘 여기 정말 오랜만에 왔어요. 그런데 많이 변했네요.

지아 그렇죠? 새로 생긴 건물도 많고.
저기도 전에는 서점이었잖아요. 이제 식당으로 바뀌었어요.

082 한 번 더 연습해요

두엔 이 의자 새로 만들었어요?

하준 전에 있던 것이 너무 낡았거든요.
새로 만들어 봤는데 어때요?

두엔 멋있고 세련돼 보여요.

083 이제 해 봐요

여 다나카 씨, 진짜 오랜만이에요. 그동안 잘 지냈어요?

남 네, 선생님. 선생님도 잘 지내셨죠? 선생님은 하나도 안 변하셨네요.

여 그래요? 다나카 씨는 이렇게 정장을 입고 있으니까 정말 달라 보여요. 우리 마지막으로 본 게 언제죠? 5년 전인가?

남 맞아요. 제가 대학교 졸업할 때 인사드렸으니까요.
학교도 너무 많이 바뀌었네요. 자주 가던 카페도 없어졌더라고요.
이 식당만 그대로인 것 같아요.

여 그렇죠? 한국어센터 건물도 새로 생겼어요. 가 본 적 없죠?

남 네. 이야기는 많이 들었는데. 가 보고 싶어요.

여 보면 깜짝 놀랄 거예요. 다나카 씨 다니던 때와 많이 달라져서요.
밥 먹고 한번 가 볼래요?

남 네, 좋아요.

9과 당황스러운 일

091 생각해 봐요

줄리 어? 내 휴대폰 어디 갔지? 조금 전에 있었는데.

하준 잘 찾아봐.

줄리 가방 안에도 없어.

092 한 번 더 연습해요

웨이 왜 그래? 무슨 일이야?

두엔 노트북이 고장 났나 봐. 안 켜져.

웨이 어쩌다가 그랬어?

두엔 커피를 마시다가 쏟았어.

웨이 어떡해. 조금 있다가 다시 켜 봐.

093 이제 해 봐요

남 어? 내 지갑이 안 보여. 어디 갔지?

여 뭐? 아까 식당에 두고 온 거 아냐?

남 아니야. 아까 계산할 때는 있었거든.

여 그럼 카페에서는?

남 아, 맞다! 커피 사고 거기에 두고 왔나 봐.

여 그럼 빨리 카페에 전화해 봐.

남 전화번호를 몰라. 그냥 내가 빨리 다시 갔다 올게.

〈잠시 후〉

여2 어서 오세요. 주문하시겠어요?

남 저기 혹시 지갑 못 보셨어요? 아까 두고 온 것 같아서요.

여2 혹시 이 까만색 지갑이에요?

남 네, 맞아요. 감사합니다.

10과 생활비 관리

101 생각해 봐요

웨이 이번 달에도 생활비를 백만 원 넘게 썼어요.
다니엘 어디에 그렇게 많이 썼어요?
웨이 식비죠, 뭐. 혼자 사니까 주로 밖에서 사 먹게 되더라고요.

102 한 번 더 연습해요

바트 하준 씨는 생활비를 어떻게 마련해요?
하준 부모님께 용돈을 받아요.
바트 그럼 관리는 어떻게 해요?
하준 돈을 낭비하지 않으려고 가계부를 써요.
바트 어디에 생활비를 제일 많이 써요?
하준 식비에 제일 많이 쓰는 것 같아요.
바트 문화생활비도 많이 써요?
하준 친구들하고 맛있는 거 사 먹느라고 문화생활은 거의 못 해요.

103 이제 해 봐요

여 너 요즘 왜 이렇게 아르바이트를 많이 해? 생활비가 많이 들어서?
남 생활비는 언제나 많이 들지. 근데 생활비는 부모님이 주신 돈으로 쓰고 있어서 괜찮아.
여 그럼 왜 하는데?
남 실은 오래 전부터 사고 싶은 게 있어서. 나 오토바이 살 거야.
여 오토바이?
남 응, 예전부터 사고 싶었거든.
여 그런 데 관심이 있는 줄 몰랐네.
남 오토바이를 타고 달리는 게 내 꿈이었거든. 근데 부모님은 오토바이 타는 걸 별로 안 좋아하셔서 내가 돈을 모아서 사려고.
여 오토바이도 좋은 것은 많이 비싸지? 중고 오토바이로 살 거야?
남 처음에는 중고도 알아봤는데 고장이 자주 난대서 새 걸로 사려고 해. 앞으로 세 달 정도 더 모으면 살 수 있을 것 같아.
여 오, 생각보다 계획적인데? 나중에 사면 한번 보여 줘.

발음

7과 한국어의 억양

074 가 영민이는 민영이를 좋아해요.
나 현영이는 상민이를 사랑해요.

075 1) 나는 민영이를 좋아해요.
2) 우리는 민영이를 좋아해요.
3) 상민이는 현영이를 사랑해요.
4) 선생님하고 친구들하고 함께 가요.
5) 나는 어렸을 때부터 한국어를 좋아했어요.

9과 소리 내어 읽기 2

094 전보다 큰 집으로 이사를 가면서 그동안 써 오던 물건들을 바꾸기로 했다. 먼저 오래 써서 많이 낡은 가구를 바꿨는데 침대와 책장, 책상과 의자를 모두 새로 샀다. 가전제품은 냉장고와 에어컨은 전에 쓰던 것을 그대로 가져갔고 세탁기와 가스레인지, 전자레인지를 새로 구입했다. 인터넷에서 요즘 인기 있는 상품과 가격을 알아본 후 구입은 집 근처 대형 할인마트를 이용했다. 직접 가서 눈으로 보고 만져 본 후 결정했다. 마침 특별 할인 기간이라서 가격도 아주 저렴했고 배송과 설치도 무료로 해 주어서 아주 편리했다. 새로운 집에 새 가구와 새 물건들이 많아지니 남의 집에 있는 것처럼 조금 낯설기도 하다. 앞으로 펼쳐질 생활에 기대가 크다.

어휘 찾아보기 (단원별)

1과

가입 계기

관심이/흥미가 있다, 관심이/흥미가 생기다, 친구가 소개해 줘서 · 선생님한테 듣고 · 인터넷/게시판을 보고 · 우연히, 알게 되다

가입 방법과 활동

모임에 가입하다, 신청서를 작성하다, 서류를 제출하다, 회비를 내다, 자기소개를 하다, 모임에 참석하다, 활동에 참여하다, 열심히 활동을 하다

회원의 신분

회원, 신입 회원, 회장, 부회장, 총무

모임의 종류

환영회, 환송회, 뒤풀이, 회식

새 단어

미술, 전시회, 주중, 추천하다, 팬클럽, 동영상, 자연스럽다, 실력을 늘리다, 매일, 매주, 매달, 매년, 정도, 회원증, 정리하다, 끝내다, 훌륭하다

2과

날씨

구름이 끼다, 소나기가 내리다, 천둥이 치다, 번개가 치다, 비가 그치다, 화창하다, 태풍이 불다, 안개가 끼다, 건조하다, 습도가 낮다, 습하다, 습도가 높다, 후텁지근하다, 쌀쌀하다, 최고 기온, 최저 기온, 기온이 높다, 기온이 낮다, 온도, 환절기, 황사, 미세 먼지, 하늘이 뿌옇다, 공기가 나쁘다

날씨와 자연

꽃가루가 날리다, 낙엽이 떨어지다, 눈이 쌓이다, 길이 미끄럽다, 해, 해가 뜨다, 해가 지다, 달, 별, 구름, 무지개, 길, 돌, 나무, 꽃, 풀, 하늘, 땅

새 단어

땀, 영하, 보이다, 날, 젖다, 유명하다, 쯤, 익숙하다, 쓰레기, 상쾌하다, 정상

3과

사는 곳

기숙사, 고시원, 원룸, 주택, 아파트, 빌라, 옥탑방, 반지하, 월세, 전세, 보증금, 관리비

식사 방법

사(서)먹다, 사다 먹다, 포장해 오다, 시켜 먹다, 집에서 해(서) 먹다

음식 재료와 음식

고기, 소고기, 돼지고기, 닭고기, 양고기, 해산물/해물, 새우, 조개, 생선, 채소, 양파, 당근, 감자, 버섯, 상추, 깻잎, 고추, 마늘, 채식주의자, 할랄 음식, 볶음–볶다, 튀김–튀기다, 국, 찌개, 탕–끓이다, 구이–굽다

새 단어

부동산, 답답하다, 소화가 안 되다, 익다, 밀가루, 옮기다, 아쉽다, 자막, 이해하다, 부엌

4과

성격과 성향

부지런하다, 게으르다, 꼼꼼하다, 덤벙대다, 느긋하다, 급하다, 긍정적이다, 부정적이다, 적극적이다, 소극적이다, 계획적이다, 충동적이다, 다른 사람의 말에 신경을 쓰다, 결정을 잘 못 하다, 걱정이 많다, 할 일을 미루다, 제때 하다, 미리 하다

걱정/고민

성적이 나쁘다, 한국어 실력이 안 늘다, 한국 생활에 적응을 잘 못 하다, 사람들하고 잘 지내지 못하다, 내 꿈을 부모님이 반대하다

조언

잘될 것이다, 시간이 지나면 좋아질 것이다, 노력하면 잘할 수 있을 것이다, 자신감을 가지다, 실수를 두려워하지 않다/말다, 솔직하게 이야기하다, 네 마음대로 하다/네가 하고 싶은 대로 하다

새 단어

예습, 복습, 지원하다, 장점, 성실하다, 넣다, 중요하다, 왜냐하면

5과

지명

강릉, 춘천, 서울, 전주, 보령, 경주, 부산, 제주도

여행 종류

국내 여행, 해외여행, 자유 여행, 패키지여행, 가족 여행, 신혼여행, 수학여행, 졸업 여행, 엠티(MT)

여행 준비

일정, 세우다, 잡다, 당일치기, 1박 2일, 숙소, 알아보다/찾아보다, 정하다, 예약하다, 교통편, 항공권, 기차표, 입장권, 예매하다, 끊다, 여권, 비자, 신청하다, 발급 받다, 환전하다, 여행자 보험을 들다

여행지 특징

볼거리가 많다, 먹을거리가 많다, 즐길 거리가 많다, 축제가 있다, 맛집이 많다, 전통문화를 체험할 수 있다

새 단어

호텔, 게스트하우스, 검색하다, 취소하다, 성수기, 비수기, 다 차다, 비밀번호, 살이 찌다, 신기하다

6과

생활용품

냉장고, 세탁기, 에어컨, 선풍기, 청소기, 전기스탠드, (헤어)드라이어, 전자레인지, 전기 주전자, 이불, 베개, 슬리퍼, 쓰레기통, 옷걸이, 빨래 건조대, 프라이팬, 냄비, 접시, 그릇, 텀블러, 숟가락, 젓가락

제품의 특징

성능이 좋다, 기능이 다양하다, 고장이 잘 안 나다, 에이에스(AS)가 잘되다, 튼튼하다, 오래 쓸 수 있다, 조립하기 쉽다, 옮기기 쉽다, 배달이 되다, 세탁이 가능하다, 유행하는 스타일이다, 사용하기/쓰기 편하다, 실용적이다, 저렴하다, 디자인이 예쁘다, 가볍다, 가지고 다니기 좋다, 할인을 하다, 배송이 빠르다

새 단어

필요하다, 종류, 찬물, 인기, 반품, 데

7과

인간관계 1

친한/아는 선배, 후배, 형, 누나, 오빠, 언니, 동생, 사귀는 사람, 만나는 사람, 초등학교 동창, 그냥 아는 사람, 내가 좋아하는 배우, 모르는 사람

인간관계 2

친구 사이, 동아리 선후배 사이, 사귀는 사이, 결혼할 사이, 형제/자매, 고등학교 동창

만남과 헤어짐

친구 소개로, 소개팅으로, SNS로, 동아리에서, 우연히, 친해지다, 늘 붙어 다니다, 첫눈에 반하다, 사랑에 빠지다, 짝사랑을 하다, 사귀게 되다, 싸우다, 헤어지다, 차이다, 연락이 끊기다, 자연스럽게 멀어지다, 완전히 끝나다

좋아하는 사람의 특징

이야기가 잘 통하다, 생각이 비슷하다, 취향이 비슷하다, 나하고 잘 맞다, 나하고 다르다, 나한테 잘해 주다, 그냥 좋다, 외모가 마음에 들다, 목소리가 좋다, 옷을 잘 입다, 말을 재미있게 하다, 매력이 넘치다, 사랑스럽다, 어른스럽다

새 단어

고백하다, 당연하다, 연예인, 관심을 갖다, 속상하다

8과

외적 변화

건물이 생기다, 창문을 만들다, 건물이 없어지다, 창문을 없애다, 모양이 바뀌다, 스타일이 달라지다, 분위기를 바꾸다, 머리 모양을 바꾸다, 머리를 자르다, 커트하다, 파마하다, 염색하다, 피부가 좋아지다, 화장을 하다, 수염을 기르다, 수염을 깎다, 면도를 하다

변화의 느낌

깔끔하다, 지저분하다, 새롭다, 낡다, 오래되다, 간단하다, 복잡하다, 세련되다, 촌스럽다, 어리다, 젊다, 나이가 들다, 늙다

새 단어

인테리어, 친절하다, 집중하다, 렌즈를 끼다, 공사, 교과서

9과

당황스러운 일

넘어지다, 부딪히다, 부러지다, 찢어지다, 교통사고가 나다, 버스를 놓치다, 도둑을 맞다, 두고 오다, 놓고 오다, 떨어뜨리다, 쏟다, 고장이 나다

고장

깨지다, 막히다, 끊기다, 멈추다, (안) 열리다, (안) 닫히다, (안) 켜지다, (안) 꺼지다, (안) 나오다, 잘 (안) 들리다, 잘 (안) 보이다

새 단어

정신을 차리다, 졸리다, 바닥, 충전하다, 확인하다, 참다, 이벤트

10과

수입과 지출

돈을 벌다, 월급, 아르바이트비, 용돈, 돈을 쓰다, 현금, 체크 카드, 신용 카드, 돈을 아끼다, 포인트 적립, 할인 쿠폰, 중고품 구입, 돈을 모으다, 저축, 통장, 수입을 늘리다, 지출을 줄이다

생활비 항목

식비, 의류 구입비, 생필품 구입비, 교육비, 학비, 수업료, 의료비, 병원비, 보험료, 문화생활비, 게임비, 영화 관람비, 교통비, 지하철/버스/택시 요금, 기름값, 통신비, 휴대폰 요금, 인터넷 요금, 공공요금, 전기 요금, 수도 요금

소비 습관

계획을 세워서 돈을 쓰다, 가격을 비교해 보고 사다, 가계부를 쓰다, 저축을 먼저 하다, 신용 카드를 쓰지 않다, 돈을 펑펑 쓰다, 낭비하다, 충동구매를 하다

새 단어

마련하다, 하품, 얼다, 늘다

어휘 찾아보기 (가나다순)

ㅅ

ㅇ

ㅈ

ㅊ

문법 찾아보기

1과

-(으)면서

- 두 가지 이상의 동작이나 상태 등이 동시에 나타남을 의미한다.
  表現兩種以上的動作或狀態同時出現。

동사 형용사	받침 ○	-으면서	먹다 → 먹으면서
	받침 × ㄹ받침	-면서	크다 → 크면서 살다 → 살면서

가 팬클럽 활동의 좋은 점이 뭐예요?
나 팬 활동도 하면서 친구도 사귈 수 있는 거예요.

가 이 한국어 책은 어때요?
나 내용도 재미있으면서 아주 쉬워요.

격식체 格式體

- 격식적인 상황에서 예의를 갖추어 말하거나 쓸 때 사용한다.
  在較為正式的狀況下有禮貌地說話或書寫時使用。
- 문장의 종류에 따른 현재 표현은 다음과 같다.
  根據不同句型的現在式表現方法如下。

평서문

동사 형용사	받침 ○	-습니다	읽다 → 읽습니다
	받침 × ㄹ받침	-ㅂ니다	크다 → 큽니다 살다 → 삽니다
명사	받침 ○	입니다	회장 → 회장입니다
	받침 ×		총무 → 총무입니다

의문문

동사 형용사	받침 ○	-습니까?	넓다 → 넓습니까?
	받침 × ㄹ받침	-ㅂ니까?	자다 → 잡니까? 멀다 → 멉니까?
명사	받침 ○	입니다	회장 → 회장입니까?
	받침 ×		총무 → 총무입니까?

명령문

동사	받침 ○	-으십시오	앉다 → 앉으십시오
	받침 × ㄹ받침	-십시오	가다 → 가십시오 만들다 → 만드십시오

청유문

동사	받침 ○	-읍시다	듣다 → 들읍시다
	받침 × ㄹ받침	-ㅂ시다	하다 → 합시다 놀다 → 놉시다

가 회장님, 요즘 어떻게 지내십니까?
나 덕분에 잘 지내고 있습니다.

가 이번에 새로 가입한 신입 회원입니까?
나 네, 저는 무함마드라고 합니다. 만나서 반갑습니다.

- '-(으)ㅂ시다'는 윗사람에게는 사용하지 않는 것이 좋다.
  「-(으)ㅂ시다」最好不要對長輩或上司使用。
- 과거 표현은 동사, 형용사 뒤에는 '-았습니다/었습니다/였습니다'를 붙이고 명사 뒤에는 '이었습니다/였습니다'를 붙인다.
  表現過去時，動詞、形容詞後面加上「-았습니다/었습니다/였습니다」，名詞後面加上「이었습니다/였습니다」

가 어떻게 오셨습니까?
나 회장님 좀 뵈러 왔습니다.

- 앞으로의 예정이나 계획을 나타낼 때는 동사 뒤에 '-겠습니다'나 '-(으)ㄹ 것입니다'를 붙인다.

  表現未來的預定或計畫時，動詞後面加上「-겠습니다」或「-(으)ㄹ 것입니다」。

  추측을 나타낼 때는 동사, 형용사 뒤에 '-겠습니다'나 '-(으)ㄹ 것입니다'를 붙이고 명사 뒤에는 '일 것입니다'를 붙인다.

  表現推測時，動詞、形容詞後面加上「-겠습니다」或「-(으)ㄹ 것입니다」，名詞後面加上「일 것입니다」。

  ▸ '-(으)ㄹ 것입니다'는 구어에서 '-(으)ㄹ 겁니다'로 말하기도 한다.
  「-(으)ㄹ 것입니다」在口語上也可以說「-(으)ㄹ 겁니다」。

  ▸ '-(으)ㄹ게요'는 '-겠습니다'로 말한다.
  「-(으)ㄹ게요」說成「-겠습니다」。

가 신입 회원 환영회는 언제쯤 할 겁니까?

나 오늘 모임에서 말씀드리겠습니다.

-아야 하다

- '-아야 하다'는 어떤 일을 할 필요가 있거나 어떤 상태일 필요가 있음을 나타내요.

  「-아야 하다」表現需要做某事或需要處於某種狀態。

에 대해

- '에 대해'는 명사에 붙어 그 명사가 대상이나 상대임을 나타내요. '에 대해서, 에 대하여' 형태로도 써요.

  「에 대해」加在名詞之後，表現該名詞是其對象或目標，也會以「에 대해서, 에 대하여」的形式使用。

격식 표현

- '하고', '한테', '안', '못' 등은 격식적이거나 공식적인 말하기 상황이나 설명문 같은 글에서 '와/과', '에게', '-지 않다', '-지 못하다'로 사용해요.

  「하고」、「한테」、「안」、「못」等在正式的口說情境以及說明文等文章中使用時，會以「와/과」、「에게」、「-지 않다」、「-지 못하다」的形式使用。

-기 때문에

- '-기 때문에'는 '-아서/어서/여서'와 같이 어떤 일의 이유나 원인을 나타내요. 자신의 감정이나 상황에 대한 이유를 나타낼 때에는 '-아서/어서/여서'를 쓰는 것이 자연스럽고 분명한 이유를 강조해서 표현할 때는 '-기 때문에'를 쓰는 것이 좋아요. 문장을 종결할 때는 '-기 때문이다' 형태로 써요.

  「-기 때문에」與「-아서/어서/여서」一樣，表現某件事情的理由或原因。在表現自己的感情或某種情況的理由時，使用「-아서/어서/여서」較為自然。而在強調明確的理由時，使用「-기 때문에」較好。在句子收尾時以「-기 때이다」的形式使用。

2과

-아지다/어지다/여지다

- 어떤 상태로 됨을 나타낸다.

  表現變成某種狀態。

형용사	ㅏ, ㅗ ○	-아지다	맑다 → 맑아지다
	ㅏ, ㅗ ×	-어지다	흐리다 → 흐려지다
	하다	-여지다	따뜻하다 → 따뜻해지다

가 날씨가 쌀쌀하지요?

나 네, 많이 추워졌어요.

- 형용사에 '-아지다'가 붙으면 동사가 된다.

  形容詞後方加上「-아지다」會變成動詞。

  올해는 운동을 열심히 해서 건강해지고 싶어요.

-(으)ㄹ 것 같다

- 어떤 사실이나 상태에 대한 추측을 나타낸다. 구체적인 근거 없이 주관적으로 추측할 때 주로 사용한다.

  表現對某種事實或狀態的推測。主要用於沒有具體根據的主觀推測。

동사 형용사	받침 ○	-을 것 같다	작다 → 작을 것 같다
	받침 × ㄹ받침	-ㄹ 것 같다	크다 → 클 것 같다 만들다 → 만들 것 같다

가 오늘 비가 올 것 같아요. 어제부터 계속 허리가 아파요.

나 그래요? 하늘은 아주 맑은데요.

- 자신의 의견을 겸손하고 부드럽게 이야기할 때도 사용한다.
  也使用於謙和、委婉地表達自己的意見。

  가 생일 선물로 책을 사 주면 어때요?
  나 글쎄요. 책은 별로 안 좋아할 것 같은데요.

-(으)ㄹ까요?

- 어떤 일에 대해 묻거나 추측할 때 사용한다.
  用於詢問或推測某事。

동사 형용사	받침 ○	-을까요?	재미있다 → 재미있을까요?
	받침 × ㄹ받침	-ㄹ까요?	예쁘다 → 예쁠까요? 만들다 → 만들까요?

가 이 옷이 저한테 잘 어울릴까요?
나 그럴 것 같아요. 한번 입어 보세요.

라서

- '라서'는 '이다', '아니다' 뒤에 붙어 이유를 나타내요.
  「라서」加在「이다」、「아니다」之後表現理由。

보다

- '보다'는 앞말이 비교의 대상임을 나타내요.
  「보다」表現前面的內容是比較的對象。

-게

- '-게'는 형용사에 붙어 뒤에 오는 동사를 꾸며 줘요.
  「-게」加在形容詞之後，修飾後面出現的動詞。

3과

-거든요

- 상대가 모를 것이라고 생각하는 사실을 알려 주거나 앞의 말에 대한 이유나 근거를 덧붙일 때 사용한다.
  用於告知對方可能不知道的事實，或對前面的話補充理由或根據。

동사 형용사	받침 ○	-거든요	먹다 → 먹거든요
	받침 × ㄹ받침		크다 → 크거든요 놀다 → 놀거든요

가 맛없어요? 거의 안 먹었네요.
나 제가 매운 음식을 잘 못 먹거든요.

- 지나치게 많이 사용하면 상대를 무시하는 느낌을 줄 수 있다. 윗사람과 이야기할 때는 사용하지 않는 것이 좋다.
  使用過多會產生輕視對方的感覺，與長輩或上司談話時最好不要使用。

-(으)ㄴ 지 [시간] 되다

- 어떤 일을 한 후부터 말하는 때까지의 시간의 경과를 나타낸다.
  表現從做某事開始到說話的當下所經過的時間。
- '되다' 대신 '지나다', '흐르다', '넘다' 등을 사용하기도 한다.
  也可以使用「지나다」、「흐르다」、「넘다」等代替「되다」。

동사	받침 ○	-은 지	먹다 → 먹은 지
	받침 × ㄹ받침	-ㄴ 지	보다 → 본 지 살다 → 산 지

가 한국에서 산 지 얼마나 되었어요?
나 한국에 온 지 이제 6개월이 지났어요.

가 영화를 자주 봐요?
나 아니요, 영화 못 본 지 일 년 넘었어요.

-게 되다

- 어떤 상황으로 바뀌거나 어떤 상황이 되었음을 나타낸다.
  表現變成某種情況或成為某種情況。

동사	받침 ○	-게 되다	먹다 → 먹게 되다
	받침 × ㄹ받침		잘하다 → 잘하게 되다

가 매운 음식을 자주 먹어요?
나 전에는 별로 안 먹었는데 친구가 좋아해서 요즘은 자주 먹게 됐어요.

- 자신의 의지가 아니라 어쩔 수 없이 그렇게 되었음을 나타내기도 한다.
  也能表現並非自身意願，而是無奈變成了那樣。

가 지금 집에 급한 일이 생겨서 저녁 모임에 못 가게 됐어.
나 그렇구나. 알았어.

때문에

- '때문에'는 명사 뒤에 쓰여 원인을 나타내요.
  「때문에」用於名詞之後表現原因。

마다

- '마다'는 시간을 나타내는 말 뒤에 붙어 그 시간에 한 번씩의 뜻을 나타내요.
  「마다」加在表現時間的詞之後，表現每到那個時間就一次的意思。

(이)랑

- '(이)랑'은 '하고', '와/과'와 같은 의미인데 아주 편하게 말하는 상황에서 주로 사용해요.
  「(이)랑」與「하고」、「와/과」的意思相同，主要在非常輕鬆地說話時使用。

4과

-(으)ㄴ/는 편이다 

- 어떤 사실이 대체로 어떤 쪽에 가까움을 나타낸다.
  表現某種事實大致傾向某一方。

형용사	받침 ○	-은	많다 → 많은 편이다
	받침 × ㄹ받침	-ㄴ	크다 → 큰 편이다 멀다 → 먼 편이다

가 한국 음식은 어때요?
나 좀 매운 편이에요. 그렇지만 맛있어요.

동사 있다, 없다	현재	받침 ○	-는 편이다	재미있다 → 재미있는 편이다
		받침 × ㄹ받침		보다 → 보는 편이다 살다 → 사는 편이다
	과거	받침 ○	-은 편이다	먹다 → 먹은 편이다
		받침 × ㄹ받침	-ㄴ 편이다	하다 → 한 편이다 놀다 → 논 편이다

- 동사에 붙일 때는 '잘, 자주, 많이, 빨리' 등의 부사를 함께 사용한다.
  加在動詞之後時，經常與「잘, 자주, 많이, 빨리」等副詞一起使用。

가 벌써 다 먹었어요?
나 네, 제가 밥을 좀 빨리 먹는 편이에요.

가 나 오늘 발표 정말 못한 것 같아. 어제 연습 많이 했는데.
나 그 정도면 아주 잘한 편이야.

반말 (-자, -아/어/여) 

- '-자'는 청유형 반말 어미이다.
  「-자」是共動型非敬語語尾。

동사	받침 ○	-자	먹다 → 먹자
	받침 × ㄹ받침		마시다 → 마시자 만들다 → 만들자

가 저 영화 재미있을 것 같아. 우리 저거 보자.
나 그래 좋아.

- '-자'의 부정은 '-지 말자'이다.
「-자」的否定形式為「-지 말자」。

가 오랜만에 청소 좀 하자.
나 오늘은 하지 말자. 쉬고 내일 하자.

- '-아/어/여'는 명령형 반말 어미이다.
「-아/어/여」是命令型非敬語語尾。

동사	ㅏ, ㅗ ○	-아	오다 → 와
	ㅏ, ㅗ ×	-어	마시다 → 마셔
	하다	-여	일하다 → 일해

가 어제 잠을 못 자서 너무 피곤해.
나 오늘은 늦게까지 게임하지 말고 일찍 자.

- '-아/어/여'의 부정은 '-지 말아'이나 일상 대화에서는 '-지 마'를 더 많이 사용한다.
「-아/어/여」的否定形式為「-지 말아」，在日常對話中更常使用「-지 마」

가 나 이 티셔츠 살까?
나 사지 마. 지금 입은 티셔츠도 그거랑 비슷해.

-(으)려면

- '어떤 의도나 의향을 실현하기 위해서는'을 나타낸다.
表現「為了實現某種意圖或想法」。

동사	받침 ○	-으려면	먹다 → 먹으려면
	받침 × ㄹ받침	-려면	보다 → 보려면 만들다 → 만들려면

가 한국 친구를 많이 사귀려면 어떻게 해야 돼요?
나 한국 문화 동아리에 한번 가입해 보세요.

-기(가) 싫다

- '-기(가) 싫다'는 동사에 붙어 그 행동을 하는 것이 싫다는 의미예요. '싫다' 대신 '좋다/나쁘다', '쉽다/어렵다/힘들다', '편하다/불편하다' 등 여러 형용사를 쓸 수 있어요.
「-기(가) 싫다」加在動詞之後，表現討厭、不想去做該行為。也可以使用「좋다/나쁘다」、「쉽다/어렵다/힘들다」、「편하다/불편하다」等其他形容詞代替「싫다」。

의문사+든지

- '의문사 + 든지'는 모든 상황이나 경우를 나타내요.
「의문사+든지」表現所有的狀況或情形。

5과

(이)나

- 둘 이상의 명사 중에서 하나가 선택될 수 있음을 나타낸다.
表現可以從兩個以上的名詞中選擇一個。

명사	받침 ○	이나	빵이나 김밥
	받침 ×	나	커피나 주스

가 주말에 보통 뭐 해요?
나 드라마나 영화를 봐요.

-거나

- 둘 이상의 동작이나 상태 중에서 하나가 선택될 수 있음을 나타낸다.
表現可以從兩個以上的動作或狀態中選擇一個。

동사 형용사	받침 ○	-거나	먹다 → 먹거나
	받침 × ㄹ받침		가다 → 가거나 만들다 → 만들거나

가 이번 방학 때 뭐 할 거예요?
나 여행을 가거나 아르바이트를 하려고 해요.

가 두엔 씨는 초콜릿을 자주 먹어요?
나 아니요. 기분이 안 좋거나 피곤할 때만 가끔 먹어요.

-기로 하다

- 어떤 일을 할 것을 결심하거나 다른 사람과 약속했음을 나타낸다.
  表現決心做某事或已與他人約定。

동사	받침 ○	-기로 하다	먹다 → 먹기로 하다
	받침 × ㄹ받침		가다 → 가기로 하다 놀다 → 놀기로 하다

가 어디 갔다 와요?
나 운동요. 올해부터는 열심히 운동하기로 했거든요.

가 토요일에 같이 쇼핑하러 갈래?
나 미안해. 줄리하고 영화 보기로 했어.

-아도/어도/여도

- 앞의 내용이 그렇다고 생각하거나 그렇게 될 것이라고 생각하지만 그것이 뒤의 내용에는 영향을 주지 않음을 나타낸다.
  表現認為前面的內容是那樣、或將變成那樣，但並不影響後面的內容。

동사 형용사	ㅏ, ㅗ ○	-아도	좋다 → 좋아도
	ㅏ, ㅗ ×	-어도	듣다 → 들어도
	하다	-여도	하다 → 해도

가 아프면 학교에 안 갈 때도 있어요?
나 아니요. 저는 아무리 아파도 학교에는 꼭 가려고 해요.

-잖아요

- '-잖아요'는 상대가 알고 있을 것이라고 생각한 사실을 모르고 있을 때 사용해요.
  「-잖아요」用於以為對方知道，而對方卻不知道該事實時。

6과

-(으)ㄴ/는/(으)ㄹ 줄 알다/모르다

- 말하는 사람이 그렇게 생각하거나 그렇게 생각하지 못함을 나타낸다.
  表現話者是那樣想或是沒那樣想。
- 동사에 붙일 때는 다음과 같이 활용한다.
  與動詞連接時使用方法如下。

동사	현재	받침 ○	-는 줄 알다/모르다	읽다 → 읽는 줄 알다/모르다
		받침 × ㄹ받침		보다 → 보는 줄 알다/모르다 살다 → 사는 줄 알다/모르다
동사	과거	받침 ○	-은 줄 알다/모르다	읽다 → 읽은 줄 알다/모르다
		받침 × ㄹ받침	-ㄴ 줄 알다/모르다	보다 → 본 줄 알다/모르다 살다 → 산 줄 알다/모르다
동사	예정이나 계획, 추측	받침 ○	-을 줄 알다/모르다	읽다 → 읽을 줄 알다/모르다
		받침 × ㄹ받침	-ㄹ 줄 알다/모르다	보다 → 볼 줄 알다/모르다 살다 → 살 줄 알다/모르다

가 우리 저녁에 삼겹살 먹으러 가요. 제가 아주 맛있는 식당을 예약했거든요.
나 삼겹살요? 저는 돼지고기를 못 먹는데 어쩌지요?
가 어머, 미안해요. 민수 씨가 돼지고기를 못 먹는 줄 몰랐어요.

- 형용사에 붙일 때는 그 상태를 확신하는 경우에는 '-(으)ㄴ 줄 알다/모르다'를 붙이고 확신하지 못하는 경우에는 '-(으)ㄹ 줄 알다/모르다'를 붙인다.
  與形容詞連接時，如果確信其狀態，使用「-(으)ㄴ 줄 알다/모르다」；如果無法確信，則使用「-(으)ㄹ 줄 알다/모르다」。

가 닭갈비 너무 맵지 않아요?
나 저는 닭갈비가 매울 줄 알았는데 생각보다 안 매운데요.

-(으)ㄹ 줄 알다/모르다

- 동사에 붙어 능력이 있거나 없음을 나타낸다.
  加在動詞之後，表現有能力或沒有能力。

가 운전할 줄 알아요?
나 아니요, 운전할 줄 몰라요.

-더라고요

- 과거의 어느 때에 자신이 직접 보거나 느낀 것을 그때의 느낌을 살려서 상대에게 전달하는 것처럼 말할 때 사용한다.
  想要將過去某時間點自己親自看到或經歷的感覺原封不動地傳達給對方時使用。

동사 형용사	받침 ○	-더라고요	좋다 → 좋더라고요
	받침 × ㄹ받침		자다 → 자더라고요 살다 → 살더라고요

가 어제 백화점에 갔는데 할인을 정말 많이 하더라고요.
나 그래요? 그래서 뭐 샀어요?

- 과거의 어느 때에 이미 끝난 일에 대해서는 '-았더라고요'를 사용한다.
  對過去某時間點已經結束的事情使用「-았더라고요」。

가 동아리 가입 신청했어요?
나 못 했어요. 모집 기간이 벌써 끝났더라고요.

-(으)니까

1

- 앞의 내용이 뒤의 내용에 대한 이유나 판단의 근거임을 나타낸다.
  表現前面的內容是後面內容的理由或判斷的根據。

동사 형용사	받침 ○	-으니까	읽다 → 읽으니까
	받침 × ㄹ받침	-니까	바쁘다 → 바쁘니까 놀다 → 노니까

가 김치찌개는 매우니까 설렁탕이나 갈비탕을 드세요.
나 김치찌개 먹을게요. 이제는 매운 음식도 잘 먹거든요.

- '-(으)니까' 뒤에는 명령문이나 청유문 또는 말하는 사람의 의지, 바람, 추측 등을 나타내는 문장이 주로 온다.
  「-(으)니까」後面多以命令句、共動句或表現說者意志、願望、推測等的句子出現。

2

- 앞 내용의 결과로 뒤의 사실을 알게 되었음을 나타낸다.
  表現透過前面內容的結果知道了後面的事實。

가 놀이공원은 재미있었어요?
나 주말에 가니까 사람이 너무 많았어요. 그래서 제대로 놀지도 못 했어요.

말고

- '말고'는 명사 뒤에 쓰여 '아니고'의 의미를 나타내요.
  「말고」加在名詞之後，表示「아니고」的意思。

-아야겠다

- '-아야겠다'는 동사 뒤에 붙어 말하는 사람의 결심, 의지를 나타내거나 듣는 사람에게 부드럽게 권유할 때 사용해요.
  「-아야겠다」加在動詞之後，表現話者的決心、意志，或對聽者進行溫和地勸說時使用。

7과

-(으)ㄴ 적이 있다/없다

- 경험이 있거나 없음을 나타낸다.
  表現有經驗或沒有經驗。

동사	받침 ○	-은 적이 있다/없다	먹다 → 먹은 적이 있다/없다
	받침 × ㄹ받침	-ㄴ 적이 있다/없다	보다 → 본 적이 있다/없다 살다 → 산 적이 있다/없다

가 한국에 온 후에 물건을 잃어버린 적이 있어요?
나 네, 지갑을 잃어버린 적이 있어요.

- '-아/어/여 보다'와 같이 써서 '-아/어/여 본 적이 있다/없다'로 사용하기도 한다.
  也會與「-아/어/여 보다」結合，以「-아/어/여 본 적이 있다/없다」的形式使用。

가 부산에 가 본 적이 있어요?
나 아니요, 가 본 적이 없어요.

- '-아/어/여 보다'는 스스로의 의지를 가지고 한 경험에 주로 사용하지만 '-(으)ㄴ 적이 있다/없다'는 그렇지 않은 경험에도 사용할 수 있다.
  「-아/어/여 보다」主要使用在具有自身意志的經驗上，但「-(으)ㄴ 적이 있다/없다」於並非自身意志的經驗也能使用。

저는 어릴 때 심하게 다친 적이 있어요.

-다 보니까

- 앞의 행동이 반복되거나 상태가 심해진 결과로 뒤의 내용이 되었음을 나타낸다.
  表現前面行為的反覆或狀態加劇的結果導致了後面的內容。

동사 형용사	받침 ○	-다 보니까	먹다 → 먹다 보니까
	받침 × ㄹ받침		크다 → 크다 보니까 만들다 → 만들다 보니까

가 슬기 씨는 발표를 정말 잘하는 것 같아요.
나 저도 처음에는 잘 못했는데 계속 연습하다 보니까 잘하게 된 거예요.

가 수지 씨, 오랜만이에요. 그동안 잘 지냈어요?
나 네, 덕분에요. 바쁘다 보니 연락도 못 했네요.

-대요

- 다른 사람에게서 들은 내용을 전달할 때 사용한다.
  用於轉達從別人那裡聽到的內容。

현재

동사	받침 ○	-는대요	먹다 → 먹는대요
	받침 × ㄹ받침	-ㄴ대요	가다 → 간대요 만들다 → 만든대요
형용사	받침 ○	-대요	많다 → 많대요
	받침 × ㄹ받침		크다 → 크대요 길다 → 길대요
명사	받침 ○	이래요	학생이다 → 학생이래요
	받침 ×	래요	가수이다 → 가수래요

가 마이클 씨가 한국 음식을 좋아할까요?
나 마이클 씨한테 물어봤는데 한국 음식을 아주 좋아한대요.

가 일기예보 봤어요? 내일 비 온대요?
나 비는 안 오는데 춥대요.

가 저 사람 연예인이에요?
나 아직 아니래요. 준비 중이래요.

과거

동사 형용사	ㅏ, ㅗ ○	-았대요	놀다 → 놀았대요
	ㅏ, ㅗ ×	-었대요	크다 → 컸대요
	하다	-였대요	따뜻하다 → 따뜻했대요
명사	받침 ○	이었대요	학생이다 → 학생이었대요
	받침 ×	였대요	가수이다 → 가수였대요

가 수지 씨는 왜 학교에 안 왔대요?
나 머리가 많이 아팠대요. 그래서 병원에 갔다 왔대요.

가 우리 저 영화 볼래? 마이클 씨가 어제 봤는데 아주 재미있었대.
나 그래, 그러자.

예정이나 계획, 추측

동사 형용사	받침 ○	-을 거래요	춥다 → 추울 거래요
	받침 × ㄹ받침	-ㄹ 거래요	가다 → 갈 거래요 만들다 → 만들 거래요
명사	받침 ○	일 거래요	회장이다 → 회장일 거래요
	받침 ×		총무이다 → 총무일 거래요

가 소라 씨가 다음 달에 고향에 갈 거래요.
나 그래요? 그럼 언제 돌아올 거래요?

가 저 사람은 직업이 뭐래요?
나 수미 씨가 그러는데 아마 작가일 거래요.

밖에

- '밖에'는 명사에 붙어 그것이 유일함을 나타내요. '밖에' 뒤에는 '안', '못', '없다', '모르다'와 같은 표현이 주로 와요.
  「밖에」加在名詞之後，表現那名詞的唯一性。「밖에」後面主要連接「안」、「못」、「없다」、「모르다」等表現。

처럼

- '처럼'은 명사에 붙어 비유나 비교의 대상을 나타내요.
  「처럼」加在名詞之後，用來表現比喻或比較的對象。

8 과

-던

- 뒤에 오는 명사를 수식한다. 과거에 그 동작이 반복적으로 이루어졌거나 그 상태가 지속되었음을 나타낸다.
  用於修飾後面的名詞。表現過去該動作的反覆發生或該狀態曾一直持續。

동사 형용사	받침 ○	-던	입다 → 입던 재미있다 → 재미있던
	받침 × ㄹ받침		만나다 → 만나던 놀다 → 놀던

가 외국 생활을 오래 해서 한국에 친구들이 별로 없겠어요?
나 네, 맞아요. 친하던 친구들도 모두 연락이 안 돼요.

가 이거 제가 어릴 때 자주 마시던 음료수인데 한번 드셔 보세요.
나 음, 맛있네요. 이 음료수는 이름이 뭐예요?

- 동작이 과거의 어느 때까지 진행되다가 중단되었음을 나타내기도 한다.
  也可以表現動作進行到過去的某一時間點後中斷。

가 어, 내가 마시던 커피 어디 갔지?
나 미안해요. 다 마신 줄 알고 제가 버렸어요.

-아/어/여 보이다

- 대상을 그렇게 생각함을 나타낸다.
  表現對該對象的想法。

형용사	ㅏ, ㅗ ○	-아 보이다	크다 → 커 보다
	ㅏ, ㅗ ×	-어 보이다	넓다 → 넓어 보이다
	하다	-여 보이다	깨끗하다 → 깨끗해 보이다

가 휴대폰 케이스를 파란색으로 바꿨는데 어때요?
나 그렇게 하니까 더 시원해 보이네요.

-아/어/여 있다

- 어떤 동작이 끝난 후 그 상태가 지속됨을 나타낸다.
  表現某動作結束後其狀態的持續。

동사	ㅏ, ㅗ ○	-아 있다	앉다 → 앉아 있다
	ㅏ, ㅗ ×	-어 있다	서다 → 서 있다

가 안내문이 어디에 있어요?

나 저기 게시판에 붙어 있을 거예요.

가 영진이 지금 자고 있을 거 같아. 내일 물어볼까?
나 아냐. 조금 전에 봤을 때 깨어 있었어.

9과

-다가

1

- 앞의 내용이 뒤의 내용의 원인이나 근거가 됨을 나타낸다. 뒤에는 다치거나 잃어버리는 등의 부정적인 사실이나 상황이 주로 온다.
  表現前面的內容成為後面內容的原因或根據。後面的內容多為受傷或遺失等負面事實或情況。

동사	받침 ○	-다가	먹다 → 먹다가
	받침 × ㄹ받침		가다 → 가다가 놀다 → 놀다가

가 손이 왜 그래요?
나 요리하다가 좀 다쳤어요.

2

- 어떤 동작이나 상태가 중단되고 다른 동작이나 상태로 바뀜을 나타낸다.
  表現某種動作或狀態中斷後，轉換成其他動作或狀態。

동사 형용사	받침 ○	-다가	덥다 → 덥다가
	받침 × ㄹ받침		기르다 → 기르다가 울다 → 울다가

가 영화는 재미있었어?
나 아니. 너무 재미없어서 보다가 잤어.

가 오늘 날씨 이상해. 맑다가 갑자기 비가 와.
나 어, 그러네. 금방 그치겠지?

-나 보다/(으)ㄴ가 보다

- 어떤 사실이나 상태에 대한 추측을 나타낸다. 직접 보거나 느낀 것을 근거로 추측할 때 주로 사용한다.
  表現對某種事實或狀態的推測。主要用於親眼所見或親身感受為依據進行的推測。
- 주로 일상 대화에서 사용된다.
  主要使用於日常對話。

동사 있다, 없다	받침 ○	-나 보다	읽다 → 읽나 보다 재미있다 → 재미있나 보다
	받침 × ㄹ받침		가다 → 가나 보다 살다 → 사나 보다
형용사	받침 ○	-은가 보다	많다 → 많은가 보다
	받침 × ㄹ받침	-ㄴ가 보다	크다 → 큰가 보다 멀다 → 먼가 보다
명사	받침 ○	인가 보다	연예인 → 연예인인가 보다
	받침 ×		친구 → 친구인가 보다

가 밖에 비 오나 봐요. 사람들이 다 우산을 쓰고 다녀요.
나 그러네요. 근데 비가 많이 오나 봐요. 우산 안 쓴 사람이 없어요.

가 저 옷이 요즘 유행인가 봐.
나 그런가 봐. 나도 저 옷을 입은 사람 많이 봤어.

- 과거의 어떤 사실이나 상태에 대한 추측을 나타낼 때에는 동사, 형용사 뒤에는 '-았나/었나/였나 보다'를 붙이고 명사 뒤에는 '이었나/였나 보다'를 붙인다.
  表現對過去某種事實或狀態的推測，動詞、形容詞後面使用「-았나/었나/였나 보다」，名詞後面使用「이었나/였나 보다」。

가 저기 교통사고가 크게 났나 봐요.
나 그러게요. 경찰차도 와 있네요.

-(으)ㄹ 뻔하다

- 어떤 일이 일어날 것 같았지만 결국 일어나지 않았음을 나타낸다.
  表現某事好像要發生，但最終沒有發生。

동사	받침 ○	-을 뻔하다	쏟다 → 쏟을 뻔하다
	받침 × ㄹ받침	-ㄹ 뻔하다	다치다 → 다칠 뻔하다 울다 → 울 뻔하다

가 어제 친구는 잘 만났어요?

나 네. 그런데 제가 버스를 잘못 타서 못 만날 뻔했어요.

10과

-느라고

- 앞의 내용이 뒤의 내용에 대한 원인이나 목적임을 나타낸다.

  表現前面的內容是後面內容的原因或目的。

- 주로 'A 하느라고 B 못 하다'처럼 같은 시간에 해야 하는 행동 중 어떤 행동을 선택하여 다른 행동을 할 수 없는 상황이나 'A 하느라고 바쁘다/시간이 없다/힘들다/피곤하다/정신이 없다/잊어버리다' 등과 같은 유형으로 사용된다.

  主要像「A 하느라고 B 못 하다」這樣，在相同時間內需要做的行為當中選擇某行為而無法做其他行為的狀況，或是使用「A 하느라고 바쁘다/시간이 없다/힘들다/피곤하다/정신이 없다/잊어버리다」等形態。

동사	받침 ○	-느라고	먹다 → 먹느라고
	받침 × ㄹ받침		자다 → 자느라고 놀다 → 노느라고

가 내일 모임에 올 거예요?

나 네? 문자하느라고 못 들었어요. 다시 한번 이야기해 줄래요?

가 요즘 어떻게 지내?

나 대학교 입학 준비하느라고 조금 바빠요.

한국어의 문어 (-다)

- 한국어 구어와 문어의 가장 큰 차이는 문말 어미이다. 구어에서는 대화 상대, 대화 상황에 따라 '-어요', '-어', '-습니다' 등의 문말 어미가 사용되고 문어에서는 '-다'가 사용된다.

  韓語口語和書面語的最大差異是句末語尾。口語中根據對話對象、對話情況使用「-어요」、「-어」、「-습니다」等句末語尾，而書面語中使用「-다」。

- '-다'는 어떤 사건이나 상태를 서술하는 기능을 한다.

  「-다」具有敘述某事件或狀態的功能。

  ✎ 나는 부모님께 한 달 생활비로 육십만 원을 받는다. 월세가 삼십만 원이고 식비가 이십만 원이다. 생활비 중에서 월세가 가장 많다.

- 문말 어미로 '-다'를 사용할 때는 '저, 저희'는 '나, 우리'가 된다.

  如果用「-다」作為句末語尾，「저」、「저희」就要換成「나」、「우리」。

- '-다'는 다음과 같이 활용한다.

  「-다」的使用方式如下。

현재

동사	받침 ○	-는다	먹다 → 먹는다
	받침 × ㄹ받침	-ㄴ다	공부하다 → 공부한다 놀다 → 논다
형용사	받침 ○	-다	많다 → 많다
	받침 × ㄹ받침		행복하다 → 행복하다 힘들다 → 힘들다
명사	받침 ○	이다	학생 → 학생이다
	받침 ×		의사 → 의사이다

✎ 나는 회사에 다닌다. 한 달에 월급을 삼백만 원 받는다.

✎ 정문 앞에는 사람들이 많다. 그래서 항상 복잡하다.

✎ 오늘은 금요일이다.

- '-고 싶다'는 '-고 싶다'로 쓰고 '-고 싶어 하다'는 '-고 싶어 한다'로 쓴다.

  「-고 싶다」寫成「-고 싶다」，而「-고 싶어 하다」寫成「-고 싶어 한다」。

나는 대학교를 졸업한 후에도 한국에 살고 싶다. 다니엘도 한국에 살고 싶어 한다.

- '-지 않다'는 ' 동사 +지 않는다', ' 형용사 +지 않다'로 쓴다.

「-지 않다」寫成「 動詞 +지 않는다」、「 形容詞 +지 않다」。

그곳의 여름은 별로 덥지 않다. 그리고 비도 거의 오지 않는다.

과거

동사 형용사	ㅏ, ㅗ ○	-았다	가다 → 갔다
	ㅏ, ㅗ ×	-었다	줄다 → 줄었다
	하다	-였다	간단하다 → 간단했다
명사	받침 ○	이었다	학생 → 학생이었다
	받침 ×	였다	의사 → 의사였다

나는 약사였다. 일은 힘들지 않았지만 별로 즐겁지 않았다. 나는 새로운 생활을 시작하고 싶었다. 그래서 약국을 그만두었다.

예정이나 계획, 추측

동사 형용사	받침 ○	-을 것이다	먹다 → 먹을 것이다
	받침 × ㄹ받침	-ㄹ 것이다	중요하다 → 중요할 것이다 놀다 → 놀 것이다
명사	받침 ○	일 것이다	도둑이다 → 도둑일 것이다
	받침 ×		선배이다 → 선배일 것이다

나는 곧 대학생이 된다. 대학교의 공부는 지금보다 훨씬 어려울 것이다. 내가 잘하지 못할 수도 있다. 그렇지만 지금처럼 항상 즐겁게 지낼 것이다.

國家圖書館出版品預行編目資料

新高麗大學韓國語3 / 高麗大學韓國語中心編著；
朴炳善、陳慶智翻譯、中文審訂
-- 初版 -- 臺北市：瑞蘭國際, 2024.10
216面；21.5×27.5公分 --（外語學習系列；135）
譯自：**고려대 한국어3**
ISBN：978-626-7473-45-0（第3冊：平裝）
1. CST：韓語 2. CST：讀本

803.28 113008755

外語學習系列 135

新高麗大學韓國語 ❸

編著｜高麗大學韓國語中心
翻譯、中文審訂｜朴炳善、陳慶智
責任編輯｜潘治婷、王愿琦
校對｜朴炳善、陳慶智、潘治婷

內文排版｜陳如琪

瑞蘭國際出版
董事長｜張暖彗 ・ 社長兼總編輯｜王愿琦
編輯部
副總編輯｜葉仲芸 ・ 主編｜潘治婷
設計部主任｜陳如琪
業務部
經理｜楊米琪 ・ 主任｜林湲洵 ・ 組長｜張毓庭

出版社｜瑞蘭國際有限公司 ・ 地址｜台北市大安區安和路一段 104 號 7 樓之一
電話｜ (02)2700-4625・ 傳真｜ (02)2700-4622・ 訂購專線｜ (02)2700-4625
劃撥帳號｜ 19914152 瑞蘭國際有限公司
瑞蘭國際網路書城｜ www.genki-japan.com.tw

法律顧問｜海灣國際法律事務所　呂錦峯律師

總經銷｜聯合發行股份有限公司 ・ 電話｜ (02)2917-8022、2917-8042
傳真｜ (02)2915-6275、2915-7212・ 印刷｜科億印刷股份有限公司
出版日期｜ 2024 年 10 月初版 1 刷 ・ 定價｜ 680 元 ・ISBN ｜ 978-626-7473-45-0

KU Korean Language 3
Copyrights © Korea University Korean Language Center & Korea University Press, 2020
All rights reserved. No part of this publication may be reproduced, stored in a retrieval system, or transmitted in any form or by any means, electronic, mechanical, photocopying, recording or otherwise, without the prior written permission of the publisher. It is for sale in the mainland territory of the People's TAIWAN only.

Original Korean edition published by Korea University Press
Chinese(complex) Translation Rights arranged with Korea University Korean Language Center & Korea University Press
Chinese(complex) Translation Copyright © 2024 by Royal Orchid International Co., Ltd. through M.J. Agency, in Taipei.

◎版權所有 ・ 翻印必究
◎本書如有缺頁、破損、裝訂錯誤，請寄回本公司更換

本書採用環保大豆油墨印製